NEL GNOME DEL PADRE

MATTEO JAMUNNO

zoom·ED

La collana ZOOM-ED promuove le opere prime di autrici e autori e professionisti della letteratura in Alto Adige/Südtirol e nelle zone limitrofe (Euregio). Lo scopo della serie ZOOM-ED è quello di consentire alle opere prime di ottenere visibilità proponendosi come trampolino di lancio per la letteratura contemporanea. ZOOM-ED è promossa da Edition Raetia e SAAV – Unione Autrici Autori Sudtirolo.

A Pupetta

INDICE

CAPITOLO I

Ottantatré statuette di gnomi, dimensione 36×18×13 cm, disposte in file ordinate, divise cromaticamente per rallegrare un prato che per meglio dire un prato lo era stato, ma che adesso era solo una distesa di terra incolta e marrone avvilito.

Dodici di loro portavano sulle spalle un sacco, ventuno spingevano una carriola, trentatré avevano in mano fiori diversi, dieci si davano da fare con pale e piccozze, sei brandivano un annaffiatoio decorato con margherite e uno, con i pantaloni calati, mostrava il deretano con fare sprezzante.

Tutti riconoscevano il cattivo gusto di quel singolo elemento, ogni abitante del villaggio lo guardava con repulsione. Un unico capello fuori posto che incoronava l'inopportuno lavoro di una vita di un povero pensionato, vedovo da una decina di anni.

Tutte le sue stanche forze erano riposte nell'ossessiva ricerca dell'ordine perfetto, della disposizione aurea degli gnomi, una compulsiva e maniacale quanto costante indagine dell'assoluto.

Ogni giorno, dopo essersi svegliato intorno alle 5:45, investiva pochi minuti in una monotona colazione e sporadicamente investiva ancora meno tempo nell'igiene personale.

Le considerava inutili distrazioni, il giardino era disordinato e tutto il tempo che riusciva a ricavare durante la sua centellinata veglia doveva essere sfruttato a dovere.

In cucina le stoviglie ammuffite formavano infinite colonne maleodoranti, sembrava una necropoli di porcellana, un pantheon di piatti fondi e piatti piani. Di posate ce n'erano meno, dopo un inizio strafottente aveva optato per il riutilizzo: leccava a dovere la forchetta preferita e puliva sul risvolto dei pantaloni l'ormai usurata lama del coltello con il manico in legno ricevuto in gioventù come premio per essersi distinto nelle attività extracurricolari del locale gruppo di preghiera. Di cucchiai non ne voleva sentire parlare, non credeva nei cucchiai. Perché servirsi di un arnese tanto presuntuoso, che assume forme diverse per confondere, quando alla fine è molto più pratico bere direttamente la zuppa versata in una capiente tazza da tè?

Con l'ausilio di un vecchio ombrello dalla punta in osso era stato in grado di solcare in una zona incava del terreno un quadrato pressoché perfetto, nove gnomi per nove, meno uno nell'ultima fila. L'esubero di tre gnomi rimanenti era stato disposto in una messinscena che ricordava un podio. La premiazione dopo una gara. Il primo posto era occupato da Capitan Chiappa, così era stato soprannominato lo gnomo burlone e sfacciato, del tutto inutile rispetto agli altri, quindi meritevole di ricoprire un ruolo superiore. Ai suoi lati, due gnomi occupati in due diverse mansioni si dividevano la seconda e la terza posizione.

Amava le facce disgustate dei vicini, amava osservarli di nascosto mentre si domandavano perché ottanta gnomi fossero disposti in adorazione davanti a quelle rosee natiche. Amava allontanarli mentre li etichettava come guardoni, voyeur, pervertiti della domenica.

Quel giardino e quegli gnomi erano la sua unica ragione di vita da quando era rimasto solo a badare alla casa. La sua povera moglie era morta davanti ai suoi occhi in una vicenda che sa di assurdo: investita da un tir caduto dal cielo nel bel mezzo del giardino.

Il piccolo villaggio in stile campagnolo-postmoderno era situato a 15 chilometri da qualunque centro urbano di minime dimensioni. Una sola strada collegava questo paradiso per pensionati al mondo esterno e consisteva in uno strettissimo vialetto malamente asfaltato, che presentava parecchi tratti sterrati a causa di un'insofferenza generale da parte del Consiglio Allargato per la Pace Rurale Assoluta (organo collegiale che si occupava di tutto quel che concerneva il benessere del villaggio) nell'investire soldi per la sua manutenzione.

Nel villaggio si poteva trovare: un mediocre supermercato, un calzolaio, una sartoria, un ristorante preso recentemente in gestione da una nuova famiglia e un chiosco di giornali.

Il supermercato era settimanalmente rifornito dai contadini locali che vi portavano tutto quello che producevano: frutta e verdura, carne, farina, olio e uova. Aveva anche un reparto piuttosto fornito di detersivi e oggetti per pulire casa e, vicino alla cassa, su un tavolo bianco alto meno di un metro, ogni mese arrivava una novità tecnologica.

L'ultima in ordine d'arrivo era stata la prima tv a schermo piatto che il villaggio avesse mai visto. Nessuno si era però fidato della mancanza del tubo catodico e l'oggetto era rimasto invenduto.

Il calzolaio e la sartoria facevano per lo più lavori di riparazione, dato che nessun abitante investiva denaro nell'acquisto di una scarpa o di un vestito nuovo da almeno venticinque anni. Forse è questo il bello dell'invecchiare, si può restare fermi, congelati con lo stesso vestito addosso che non si rovina e non cambia mentre sotto la propria pelle si deteriora, logora e decade.

La nuova famiglia ad aver preso in gestione il ristorante era subentrata a una famiglia turca che aveva deciso di lasciare il locale a causa dello scarso interesse riscosso negli abitanti dalla loro cucina tradizionale. Borek e kebab cementificavano la digestione di un intero villaggio dove l'occlusione intestinale faceva già da padrona incontrastata. Non a caso, il prodotto che andava per la maggiore presso il mercato era un infuso di erbe che prometteva di farti correre in bagno entro pochi minuti. Risultato garantito se eri un giovane aitante nel fiore dell'età. Se avevi l'età media degli abitanti locali sarebbero stati necessari un paio di giorni, risultato comunque apprezzatissimo da tutti (erano queste piccole vittorie a renderli felici di svegliarsi al mattino).

Si sapeva poco delle origini della nuova famiglia, solo che era composta da quattro elementi tutti molto gentili. La madre e il padre amavano cucinare e si amavano cucinando. La sorella della madre, single da sempre, gestiva con maestria l'accoglienza degli ospiti e l'unica figlia era anche l'unica abitante sui vent'anni residente nella zona.

Non era bellissima, ma aveva tutte le carte in regola per diventarlo. Purtroppo non era spronata a curarsi, a pettinare i lunghi capelli biondi, vestire con abiti più adeguati al suo fisico esile. Mancava di cura verso la propria pelle e, lavorando a tempo pieno in un ristorante, il suo viso risultava lucido e oleoso. Le mani lavavano centinaia di stoviglie senza l'ausilio di guanti e quindi erano secche e pallide. I piedi e le gambe erano già segnati dalle infinite ore in piedi, dietro a un bancone, a soddisfare le voglie alcoliche di bavosi anziani.

Quel non curarsi era comunque una scelta ragionata. Le sue giornate erano costantemente condite da fischi, apprezzamenti non richiesti e commenti fuori luogo da parte del reparto geriatria che soggiornava nel locale. Non voleva immaginare cosa sarebbe successo se si fosse truccata o lavata con continuità.

Insomma, il villaggio era una comunità autonoma. Il medico che seguiva la salute di tutti gli abitanti aveva il suo studio in una fattoria poco distante ed era anche il miglior produttore di mais della zona. Il che voleva dire che se qualcuno stava male o desiderava del buon mais doveva comporre un solo numero di telefono e, in pochi minuti, una Vespa azzurra d'epoca sarebbe giunta scoppiettando a dispensare ricette e pannocchie.

Niente disturbava questa pace, niente avrebbe mai interrotto il normale fluire delle pigre giornate se non quella remota eventualità assurda.

Il tir.

CAPITOLO 2

Era una mattina come mille altre e il sole pallido era andato a nascondersi dietro una coltre bianca ovatta. La temperatura era distaccatamente fredda, lontanamente calda, simpaticamente mite. L'umidità permetteva appena il formarsi della rugiada sui fiori ma non il proliferare delle zanzare (per il momento). Non c'era un filo di vento e il silenzio dominava incontrastato, interrotto solo dal ruminare di dentiera di qualche anziano durante la colazione.

Louis e Magda erano in giardino. Come tutte le mattine si dividevano equamente i compiti da svolgere. Magda si era messa di buona lena sull'ultima pagina del giornale acquistato da Louis, quella del sudoku. Mentre era impegnata a decifrare l'ancora inspiegabile (nonostante gli anni di allenamento) passatempo e capire quali numeri inserire, Louis schiacciava dei minuscoli pisolini. Non appena Magda si addormentava e iniziava a russare, Louis si svegliava e le sottraeva delicatamente dalle mani il giornale per leggerlo. Questa alternanza funzionava alla perfezione, dato che entrambi soffrivano di letargia cronica e quello era il loro modo preferito di impiegare il lunedì. Il lunedì era l'unico giorno della settimana in cui l'edicolante veniva rifornito di riviste e quotidiani e spesso riceveva in blocco anche tutte le uscite della settimana precedente (che quasi nessuno leggeva, ma che venivano utilizzate dagli allevatori di galline per impacchettare le uova). Oltre a questa intensa attività, il lunedì era la giornata che Louis dedicava al riprendersi dalle fatiche domenicali.

La domenica era la giornata che lui odiava di più e non perché Magda iniziasse a cucinare verso le 10:30 (a Louis piaceva la cucina di Magda nonostante fosse completamente priva di sapori, era rassicurante sapere che ogni pietanza avrebbe avuto sempre la stessa insipidezza, poche cose lo infastidivano quanto le sorprese e i cambiamenti nella routine), ma perché di domenica era costretto a risolvere le faccende che durante la settimana aveva volutamente sottovalutato.

Pulire la vasca delle rane era una faccenda che Louis sottovalutava ben volentieri tutta la settimana, dato che a lui le rane non piacevano. Erano un vezzo di Magda, che aveva insistito per averle. Non che lei fosse appassionata di quegli anfibi. Le aveva volute per creare invidia nei vicini.

Louis non aveva obbiettato più di tanto, perché sapeva che non c'era boria in quel suo desiderio. In un'esistenza governata da minuscole vittorie, avere un segno di distinzione così particolare significava entrare prepotentemente nelle discussioni del villaggio. E la vasca delle rane, suo malgrado, era stata capace di dominare l'attenzione pubblica per almeno due mesi, meritando persino un'accesa discussione durante la consueta riunione mensile del Consiglio Allargato per la Pace Rurale Assoluta (più comunemente chiamato CAPRA).

Louis, dal canto suo, non disse mai a Magda quanto quelle rane lo rendessero nervoso.

Optò dapprima per uno sciopero bianco, ignorando completamente la cura e la pulizia di quel viscido mondo. Le rane però ben presto avevano reso la vasca un luogo maleodorante e invaso di liquami gelatinosi creati per proliferare in sterminate figliate.

Per sopraggiunta, invece di soli girini, la vasca si era popolata anche di ben più fastidiose zanzare (insetti del tutto nuovi per il villaggio).

Così Louis si ritrovò a odiare le rane per il loro odore e il continuo gracidio e, ancora di più, si ritrovò a odiare le zanzare per il loro ronzio e il molesto pungere tutto quello che si tratteneva in giardino. E Louis passava molto tempo in giardino.

Magda era invece piuttosto serena, le zanzare la ignoravano, come se avessero rinunciato all'idea di cercare nutrimento in mezzo a tutte quelle rughe. La loro presenza aveva invece dato vita ad altre quattro settimane di discussioni nel villaggio e la cosa, anche se non propriamente positiva, era divenuta ugualmente motivo di orgoglio per Magda.

Le rane non avevano nulla da obbiettare. Questo appetitoso snack volante piaceva, al massimo le avrebbero preferite un poco più in carne ma, data la scarsità del mangime offerto (le braccia e le gambe degli anziani del villaggio erano oltremodo ossute), avevano deciso di accontentarsi.

Così, mentre quella mattina Louis allontanava le prime striminzite zanzare con il giornale fresco di edicola e Magda alternava il sudoku soporifero a una sistemata alla vasca, un enorme autotreno stracolmo di un carico eccezionale viaggiava alla massima velocità verso la collina che separava il villaggio dall'autostrada vicina.

L'autista del tir era crollato dal sonno e il suo piede era rimasto pesante sopra l'acceleratore. Aveva sfondato i guardrail pressoché inesistenti – errore grossolano commesso dal Consiglio Allargato per la Pace Rurale Assoluta (CAPRA) che aveva investito i soldi dei cittadini in qualcosa di meno protettivo ma più spettacolare: la più grande palla di elastici della regione – e si stava dirigendo incurante verso il fitto bosco di alberi sulla collina che separava il loro mondo protetto dal mondo bastardo.

Questo era stato l'errore definitivo commesso dal Consiglio Allargato per la Pace Rurale Assoluta: l'aver pensato che quell'appezzamento di arbusti gracili e rassegnati fosse una protezione sufficiente non solo verso i curiosi, ma anche contro ogni possibile autista di autotreni addormentatosi al volante.

Non era nemmeno stata presa in considerazione la poca voglia di vivere degli alberi in questione. Del resto, gli alberi non parlano facilmente di come si sentono e non possono andare in terapia per cercare di capire i motivi della loro depressione. Una decina di anni sono abbastanza per capire come sarà la tua esistenza quando sei un albero. Una volta cresciute le radici non è che puoi andare in giro più di tanto. Alcuni alberi adorano viverne anche trenta, cinquanta di anni, pure un secolo se butta bene perché proliferano in zone ricolme di attività interessanti: ruscelli melodiosi, scoiattoli buontemponi, ampie vallate incantevoli.

Gli alberi in questione, invece, non facevano altro che annoiarsi. La vista dalla collina era di un noioso inenarrabile. Peggio era l'essere costretti a seguire le attività svolte dagli anziani del villaggio. Sempre le stesse, tutti i giorni. Molti arbusti avevano sperato nell'arrivo di un virus che ponesse fine alle loro esistenze ma niente, pareva che nemmeno le malattie fossero interessate a visitare quelle zone.

Così il tir fu visto come un luminoso salvatore, il tanto agognato addio.

Con un ultimo sorriso a malapena percettibile sotto la corteccia, avevano abbandonato ogni resistenza rimasta nelle radici e avevano accolto il tir lasciandosi estirpare come fuscelli.

Il tir proseguì sentendo solo un lieve solletico, utilizzando la collina come un trampolino.

Il volo fu spettacolare e solo gli sfortunati alberi rimasti illesi ebbero la possibilità di osservarlo. L'ascesa fu eccellente, il tir divenne un arcobaleno di lamiere che solcava il cielo. Chinò il vano della motrice attratto dalla forza di gravità e, come in una gara di tuffi, concluse il viaggio schiantandosi in posizione perfettamente verticale sopra un'attonita Magda, unica altra testimone del volo spettacolare, appiattendola insieme a tutte le rane.

Louis non aveva sentito nulla, aveva oramai l'abitudine di spegnere l'apparecchio acustico per ignorare il rumore di sottofondo generato dalle rane. Si era accorto della comparsa del Tir solamente per l'ombra che gli si era proiettata sul giornale.

Richiuse il quotidiano con fare stizzito, convinto di dover litigare con una nuvola carica di pioggia. La sorpresa fu sconvolgente, quando si rese conto dell'immenso totem che si ergeva nel suo giardino. Più precisamente, che si ergeva sopra la vasca delle rane (cosa che lo rese felice) ma a essere ancor più precisi, si ergeva esattamente sopra la moglie (cosa che lo gettò nel più totale sconquasso).

Mentre si accasciò al suolo in preda alla disperazione e mentre il tir si stava accartocciando su sé stesso, il destino decise di accanirsi contro di lui e aprì i portelloni posteriori del tir, favorendo la fuoriuscita del carico.

I vicini dissero che fu una scena tanto toccante quanto bizzarra: Louis in lacrime impegnato a prendere a pugni e strappare a mani nude l'erba del prato mentre una pioggia di gnomi da giardino, accuratamente imballati, si rovesciava sulla scena della disgrazia, rendendola quasi comica.

CAPITOLO 3

– Cos'hai da guardare? – domandò seccato Louis a Greta, la figlia dei proprietari del ristorante.

– Niente. Mi piacciono i suoi gnomi.

– Beh li hai guardati abbastanza, ora puoi andare!

– Mi piace quello che mostra il culo. Sembra un tipo in gamba.

– Infatti è così in gamba che ti sta chiedendo anche lui di andare via.

– È vera la storia che raccontano tutti?

– Che storia?

– Quella di come sono finiti qua gli gnomi.

Louis si fermò. Ricordare gli faceva ancora male. Si girò e mormorando qualcosa di incomprensibile tra sé e sé, si diresse verso casa.

Una volta chiusa la porta dietro di lui le imprecazioni divennero più forti.

– È vera la storia che raccontano tutti? – disse Louis con una vocina di scherno – La storia che raccontano tutti… ancora ne parlano. Sono passati dieci anni e ancora la raccontano. Anche a quelli appena arrivati. Ma come si permettono. Ah! L'insolenza di questa ragazzina. Le faccio vedere io cosa si prova a essere invasi nel proprio spazio.

Louis si girò verso la finestra che affacciava sul cortile, spostò la tenda e allungò lo sguardo per controllare se Greta fosse ancora là fuori a guardare i suoi gnomi. Contro ogni sua aspettativa Greta era rimasta immobile e lo stava salutando con la mano.

– Ah! L'insolenza! È ancora lì!!! Ferma! Ah!

Louis era furioso. Un tale affronto alla sua vita privata non si era mai verificato da che lui ne avesse memoria. A lui l'attenzione non era mai piaciuta. Quello era il peccato di Magda. Lei voleva si parlasse di loro nel villaggio ma Louis no, lui voleva essere lasciato in pace a marcire nei ricordi.

Si recò al piano di sopra e si chiuse in camera. Abbassò le persiane e si stese a letto. Il buio era troppo fitto, così decise di accendere la piccola abat-jour sul comodino. Bastarono pochi istanti per farlo calmare. Allentò la cintura, si tolse le scarpe, poggiò gli occhiali da vista sul comodino, incrociò le mani sopra la pancia e, senza averlo pianificato, crollò in un profondissimo sonno.

Il risveglio alcune ore dopo fu brutale. Fu come emergere da un incubo senza ricordarne i dettagli, avvolto nell'abbraccio soffocante del panico. Corse a spalancare le persiane e fu il colpo di un martello sulla nuca.

– È notte! È notte! Quella dannata insolente mi ha fatto perdere una giornata intera!

Non poteva credere di aver dormito quasi tutto il giorno. Non lui. Lui che crollava regolarmente ogni quindici minuti per essere operativo la mezz'ora dopo, quella era la sua regolarità. Non poteva permettersi di dormire così tanto. Non il mercoledì, in cui aveva un sacco di mansioni da svolgere.

Il mercoledì di Louis aveva attività fisse che lui odiava ma che oramai, essendo diventate routine, gli conferivano quel tiepido senso di sicurezza di cui aveva bisogno nel mezzo della settimana.

Dopo la triste colazione, era solito andare in giardino a spolverare gli gnomi e lucidare i più compromessi dalle condizioni atmosferiche avverse. È difficile immaginare quanta manutenzione sia necessaria per mantenere splendenti ottantatré gnomi da giardino, ma Louis lo faceva con solerzia, anche se non smetteva di lamentarsi durante tutto il processo.

Successivamente entrava in casa per cambiare le scarpe luride e indossare quelle meno luride, per poi recarsi verso la zona commerciale del villaggio.

La prima tappa era il mediocre supermercato, dove era solito rifornirsi di zuppa in lattina (che componeva la totalità della sua alimentazione) per poi guardare e criticare per svariati minuti la novità tecnologica del mese insieme al cassiere. Questo piccolo momento di sfogo era un piacere a cui non voleva rinunciare, anche se comprendeva l'uscire di casa (elemento odioso), il camminare (altro elemento odioso) e il colloquiare con qualcuno (decisamente la parte peggiore).

La seconda tappa era il calzolaio. Louis aveva più scarpe del necessario perché amava cambiarle spesso. La causa era un trauma infantile mai risolto. Cresciuto in una famiglia molto povera, fu costretto a indossare cartone tenuto assieme da nastro e stoffe fino ai quattordici anni. Le scarpe furono il primo acquisto che fece con il primo salario e da allora decise di conservare e prendersi cura di ogni calzatura avesse mai deciso di comperare.

Ogni volta che entrava dal calzolaio si sentiva bene. Era convinto di essere il suo migliore cliente, dato che ogni settimana portava a revisionare un paio di scarpe diverse. Purtroppo era anche solito chiedere sconti su sconti, atteggiamento che aveva indisposto il calzolaio, il quale lo guardava entrare nella propria bottega e, in risposta al sorriso smagliante del cliente, sospirava. Louis pagava il servizio ricevuto passando prima qualche minuto a contrattare, attività che lui riteneva esilarante, lasciava le scarpe indossate fino a quel momento, le salutava chiamandole "le mie bambine" e indossava quelle rimesse a nuovo. Si complimentava con il calzolaio per l'ottimo lavoro eseguito e prometteva ogni volta che se la prossima avesse svolto "un lavoro altrettanto eccellente, sicuramente ci sarebbe stata una bella mancia!" (in quasi venticinque anni di conoscenza, il calzolaio conferma che non ci fu mai nessuna mancia).

La terza tappa era venuta meno da quando Magda era morta e quindi non era più necessario socializzare con gli altri abitanti nelle zone più frequentate del villaggio. Fermarsi a parlare del più e del meno, del tempo e degli acciacchi non era da lui. Così si era abituato a tornare verso casa subito dopo il calzolaio, trovando una piccola e gioiosa distrazione nei passi con indosso le scarpe rimesse a nuovo.

– Non ci posso credere! Ho perso il mercoledì! Ah ma gliela faccio pagare a quella insolente!!!

Così dicendo Louis andò a indossare gli stivali più luridi in suo possesso e fece una cosa che non accadeva da anni: uscì di casa la sera.

CAPITOLO 4

Il ristorante era illuminato da lampadine gialle che davano all'ambiente un sapore malinconico. I tavoli erano popolati dai vari personaggi del villaggio. Le tovaglie, tutte diverse tra loro, si distinguevano per la raffinata ricerca nei motivi e coloravano le cene dei commensali che non lesinavano mai complimenti per il buongusto. Il bancone era affollato come al solito, cicchetti di grappa locale e vino semplice scorrevano a fiumi tra gli anziani che ingollavano stoicamente litri e litri di alcolici, barcollando giusto un po' più del normale. Il menu del giorno prevedeva zuppa di verdure con crostini di pane, bistecca con contorno di patate e fagiolini, frittata con prosciutto e formaggio, pollo alla cacciatora e per dessert: torta della casa. Nessuno ordinava mai il dessert, così, da quando la nuova famiglia aveva preso servizio, la torta era rimasta sempre la stessa. Oramai da parecchie rafferme settimane.

Louis spalancò la porta nello sbaraglio generale. Nessuno lo aveva mai visto al ristorante. O fuori di casa di notte. O fuori di casa, in luoghi che non fossero il supermercato e il calzolaio, da quando Magda era morta.

– Un tavolo, per favore – disse con sorriso beffardo a Veronique, la zia di Greta, che si occupava dell'accoglienza degli avventori.

– Certo. Mi segua!

I due attraversarono la sala e Louis si accertò di insudiciare il più possibile il pavimento del locale sbattendo i suoi stivali luridi a ogni passo.

– Le va bene qua?

– Qua? Sì, penso di sì.

– Il bagno si trova in fondo a destra, dietro la tenda di velluto.

– La ringrazio. Non credo di averne bisogno.

– Oh, mi deve perdonare. In genere è la prima domanda che mi fanno tutti! "Scusi dov'è il bagno?" Oramai mi esce automatico: "Il bagno è in fondo a destra". Che strano! Beh, in caso ne avesse bisogno, ora lo sa!

– Non ne avrò bisogno, la ringrazio.

– Che buffo, lo dico senza pensare!

– Sembra una cosa piuttosto naturale per lei, non pensare… – sibilò Louis, creando una smorfia di sorpresa sul volto di Veronique che fermò l'incontrollabile flusso di pensieri.

– Non credo di averla mai vista, è nuovo di qua?

– Vivo nel villaggio da quasi trent'anni. Voi siete qua da quanto? Un mese? Una settimana?

– Oggi festeggiamo tre mesi di apertura!

La torta intonsa in vetrina singhiozzò fiaccamente.

– Questa sarebbe una festa? – giudicò Louis guardandosi intorno.

– Il menu è più festivo del solito! – rispose prontamente Veronique porgendo il menu.

– È una pagina sola… – afferrò Louis con la punta delle dita, ostentando un fare schizzinoso.

– Abbiamo capito che i nostri clienti non amano le sorprese. O la sperimentazione. O la buona cucina, in generale.

– Meglio per voi, ne sono sicuro.

Veronique fece un'altra pausa. Deglutì i cattivi pensieri che questa conversazione le stava generando e trovò nel fondale del suo petto l'ultimo briciolo di pazienza che le era rimasta.

– Rende il lavoro sicuramente più semplice, ma non sa che voglia abbiamo di provare qualcosa di pazzo. Stavamo pensando infatti di offrire ogni sabato... la pizza!

– Un'innovazione...

– Vero? Anche noi siamo emozionati al solo pensiero. Chissà se i clienti apprezzeranno. Come le ho detto, qua è meglio non esagerare.

– Anche con i convenevoli.

Veronique colse la secchezza nei modi di Louis e afferrò il blocchetto degli appunti pronta a scrivere la comanda.

– Prego, mi faccia sapere quando ha deciso.

– Non ci vorrà molto, resti pure in zona.

Mentre leggeva le poche opzioni e passandosi la lingua sul desertico palato, Louis si rese conto di essere uscito di casa troppo frettolosamente e di aver perciò dimenticato di indossare la dentiera. All'appello non gli mancavano tanti denti, ma quelli necessari per masticare la bistecca (leggerla sul menu aveva risvegliato in lui un languorino sopito sotto secoli di zuppe in lattina) erano rimasti sopra al comodino.

– Prendo la zuppa – fu costretto a dire – senza crostini di pane!

– Senza crostini di pane?

– Ha sentito bene. E badate bene di scalarli dal conto finale. Capito?

– La ringrazio.

Veronique si allontanò il più velocemente possibile da Louis. Le piaceva il suo lavoro. Le piaceva avere a che fare con gli abitanti del villaggio. Anche se anziani, erano tutti molto gentili e desiderosi di raccontare storie e di passare tempo insieme. Tranne Louis. Questa fu la prima volta da quando avevano aperto che Veronique rientrò in cucina priva di sorriso e Greta lo notò subito.

– Che succede? Hai una faccia.

– Niente. Non succede niente. Ricordati. Non si può piacere a tutti. Non tutti meritano il tuo sorriso. Ora respiro un po' e mi calmo.

– Ma che ti prende, non ti ho mai vista così.

– C'è un nuovo cliente. Insopportabile.

Lo indicò e Greta lo riconobbe subito.

– Ah. Lui. Che strano, mi hanno detto che non esce mai di casa.

– Si vede che oggi ha deciso di farci un regalo per il nostro terzo mesiversario!

– Tu lascia perdere. Ci penso io.

Greta prese il vassoio con la zuppa bollente per Louis e la portò al tavolo.

– Ci rivediamo.

– Sì. Avevo proprio voglia di mangiare fuori oggi.

– E come mai?

– Perché sono stato in casa tutto il giorno! Di mercoledì!!!

– Eh sì. Oggi è mercoledì.

Poggiò la zuppa sul tavolo.

– Non le dispiace se le faccio un po' di compagnia vero?

– Ma come si permette?

– È tutto solo. Non sta bene cenare da soli. Ecco, mi siedo un pochino. Giusto il tempo di parlare e conoscerci meglio.

Louis si sentiva sotto assedio. Non doveva andare così. Doveva essere lui ad avere il controllo della situazione, non questa adolescente dalla pelle lucida.

– Prego prego, mangi pure – ordinò Greta autoritaria.

– Certo. Lo faccio subito.

Le mani di Louis andarono per istinto ad afferrare il piatto e sollevarlo, portandolo vicino alla bocca. La curiosità di tutte le persone in sala gli si rivolse contro.

– Ma come mangia la zuppa? Come un animale? Solo un attimo... ecco qua il cucchiaio.

Un brivido di repulsione scosse la carne decrepita. Greta ignorava il rapporto conflittuale che Louis aveva con i cucchiai, ma lui non aveva scelta. Era già fastidioso essere fuori casa, finire sotto i riflettori per come avrebbe tracannato la zuppa era troppo. Impugnò goffamente il cucchiaio e gli ci vollero alcuni tentativi per riuscire a portare a termine correttamente il movimento. Senza dentiera e senza orgoglio, decise di dare sfogo alle sue frustrazioni. Ogni imboccata era preceduta dallo schioccare della lingua sul palato, poi un soffio per raffreddare la zuppa seguito da un rumore fortissimo di risucchio quando il cucchiaio toccava le labbra. Tutta l'operazione si concludeva con un'espressione di piacere esageratamente gioiosa, simile a un'esultanza.

– Lei mangia sempre con tanta felicità? Oppure le piace proprio la nostra zuppa? – istigò Greta.

– Nessuna delle due! – soffiò Louis sul cucchiaio e su Greta.

Il rumore più vicino a un gorgo a malapena capace di adempiere al suo compito era assordante e disgustoso. In qualunque altro ristorante avrebbe dato fastidio, ma in questo ristorante specifico, data l'età media dei frequentatori, era la normalità. Anche Greta non sembrava infastidita più di tanto e questo spinse Louis a fare ancora più rumore. Qualcun altro in sala, ispirato dall'atteggiamento noncurante, lasciò andare i freni inibitori dando sfogo al proprio chiassoso modo di mangiare. In un lampo tutti smisero di comportarsi civilmente e l'intero locale divenne un'orchestra di bocche moleste.

Il padre e la madre di Greta uscirono dalla cucina, attirati dal frastuono.

– Che gioia! Senti moglie adorata! Apprezzano la nostra cucina!

– Hai ragione marito mio! Sono tutti estasiati! Liberi! Affamati!

Louis si fermò all'istante. Non era quello che voleva. Lui voleva dare fastidio a Greta, fargliela pagare per averlo fatto dormire tutto il pomeriggio, non dare il via libera all'apprezzamento delle pietanze.

– Lei è proprio gentile, signor Louis. È questo il suo nome, vero? Non ci siamo presentati oggi. Dicevo, lei è proprio gentile. Tutti hanno seguito il suo esempio e guardi che felici che sono i miei genitori. Mai li avevo visti tanto soddisfatti. Ci ha fatto un bel regalo per il terzo mesiversario, dovrebbe venire a trovarci più spesso!

– Piccola insolente! A causa tua ho dormito tutto il giorno! Non ho potuto svolgere nessuna delle mie mansioni pianificate per il mercoledì! Tutto per quel tuo becco curioso!

– Beh, ma le potrà fare domani! Andiamo signor Louis! Si prenda un giorno di ferie dalla routine.

– Sono un pensionato! Un vedovo! Non ho bisogno di ferie io!

– Invece secondo me quello che le serve è proprio un po' di relax. Qualche distrazione. Uscire dalle abitudini. Ho deciso, domani passo ancora a trovarla così parliamo un po'.

– Non ci provare!

– Ora mi scusi, torno al mio lavoro, ho altri clienti gentili da rifornire con alcolici finché non mi stramazzano al suolo. A domani!

– Ho detto di no!

Louis finì la zuppa e si recò a pagare. Come richiesto i crostini di pane erano stati rimossi dal conto finale e Veronique lo guardò con rinnovata gentilezza.

La strada verso casa fu più lunga rispetto all'andata, forse perché la zuppa era il primo cibo non inscatolato mangiato in anni e il suo corpo lo stava digerendo con più energia, o forse perché l'aver parlato con altri umani lo aveva stancato più di una giornata intera di lavoro in mezzo agli gnomi del giardino.

CAPITOLO 5

Lo scatolone appena arrivato era di dimensioni gargantuesche. Il postino non si ricordava di aver mai recapitato un pacco di tale stazza presso il villaggio. Aveva occupato più della metà del minivan costringendolo a guidare pianissimo sulla strada decrepita e malconcia che malediceva una volta alla settimana, quando era costretto a percorrerla.

Tobias corse ad accoglierlo con le braccia spalancate, come un figlio che torna dalla guerra. Non aveva calcolato il peso e trasportarlo fino in cucina gli costò un tremendo mal di schiena, sudore e bizzarre imprecazioni. Nonché una striminzita mancia che diede al postino per farsi aiutare.

Lo depose per terra e urlò per attirare l'attenzione della moglie.

– Danielle! Amore! È arrivato!!!

– Cosa, tesoro mio?

– Scendi, scendi!

– Dammi un attimo, amoruccio.

Nonostante i ventuno anni di matrimonio, i due non avevano mai smesso di chiamarsi amore. Di rivolgersi l'uno all'altro con affetto infinito. Di prendersi cura di ogni aspetto della comunicazione verbale e non, arricchendo ogni frase con minuscole gemme, impreziosendo anche le più inutili conversazioni con dichiarazioni passionali. Per Greta questa era la normalità. Era cresciuta in un ambiente dove non si lasciava nulla al caso e dove si romanticizzava anche il nulla. Vi si era opposta durante gli anni dell'adolescenza, ma aveva poi lasciato perdere la battaglia. Non poteva cambiare i suoi genitori. Era felice per loro, per quanto fossero vomitevolmente invaghiti l'uno dell'altro. Aveva raggiunto la consapevolezza che una simile relazione per lei non avrebbe mai funzionato. Che il suo cinismo era la conseguenza dell'aver visto come si degenera quando si cessa di essere un elemento singolo e si diventa una coppia. Una creatura a due teste, quattro braccia e quattro gambe che parla all'unisono e diffonde cuoricini rosa.

Lei voleva stare bene da sola, senza dipendere da nessuno, per questo ammirava la zia. Una donna sempre gentile e sorridente, nonostante il letto a una piazza, la vita sessuale inesistente e dieci anni di vita di cui non parlava mai.

– È gigantesca! È lucida! Splendente! Un vero capolavoro!

Urlava Tobias verso l'apparecchio estratto dal cartone abnorme che giaceva sul suolo della cucina.

– Sì amore. È proprio come l'hai descritta. Ma… di cosa si tratta?

– Come di cosa si tratta, luce dei miei occhi! Non vedi?

– La vedo ma non capisco, cuore mio.

– È la macchina che ci farà fare il salto di qualità.

– Non ci credo. L'hai ordinata!

– Volevo farti una sorpresa.

– Io adoro le sorprese! Sei stupendo passerotto mio.

– Tu sei stupenda. Sei unica. Sei l'unica cosa che amo più della nuova macchina per tagliare i würstel appena arrivata!

– Taglieremo tantissimi würstel!

– Potremmo fare feste in giardino. Usare il curry!

– Adoro le spezie!

– Sei tu, la spezia della mia vita. Guarda. Il würstel si inserisce qua sopra, nell'apposita fessura. Si preme il bottone e…

– Esce già fatto a pezzi nel piattino sottostante!

– Un ragionevole risparmio di tempo!

– Che potremo investire in altro.

– Io tutto il tempo che ho a disposizione lo voglio investire per stare con te.

– Anch'io, amore mio.

– Chiudi la porta della cucina.

– È già chiusa. Sapevo che non avremmo potuto resistere all'emozione.

– Ti amo.

I due si accartocciarono sfondando il cartone e usandolo come materasso per dare sfogo all'insaziabile desiderio fisico che scandiva le loro giornate.

Ecco un ulteriore motivo che aveva allontanato Greta dalla curiosità sessuale. Sentire più volte al giorno i propri genitori accoppiarsi le aveva fatto sviluppare una spessa corazza che la difendeva da ogni desiderio carnale. Era immune e disinteressata verso il sesso.

Verso la scoperta dei propri gusti e preferenze. Era in pace e rassegnata, condizione perfetta per vivere nel contesto in cui era stata inserita, dove niente di arrapante accadeva e la carnalità, genitori esclusi, era un'attività non contemplata da quasi nessun altro abitante. I frequentatori ubriachi erano gli unici a esprimere apprezzamenti e a lasciarsi andare anche a commenti più espliciti, ma erano innocui, nessuno aveva organi riproduttivi funzionanti o utilizzati nel secolo corrente.

Solo il postino, agente esterno, sarebbe potuto essere un candidato. In caso le fossero interessati gli uomini. Ma non le interessava sapere cosa la attraeva. Le interessavano solo le storie che gli anziani avevano da raccontare e il signor Louis aveva quella sua tragedia che la rendeva curiosa come non mai.

Quella mattina il postino era rimasto più a lungo del solito per salutare Greta. Quando doveva recapitare un pacco presso il ristorante il suo amore verso il proprio lavoro cresceva a dismisura.

Si era invaghito di lei durante l'estate, quando aveva notato che sotto la t-shirt bianca lei non indossava il reggiseno e da allora non riusciva a smettere di pensare al seno intravisto in una tenue trasparenza.

Ma non fu fortunato. Dopo aver aiutato Tobias a trasportare il nuovo arnese in cucina, scoprì che Greta non era in casa, bensì per strada e che si stava recando a un appuntamento non corrisposto.

Il postino rimase educatamente ad aspettare che i genitori di Greta raggiungessero il culmine dell'amplesso, chiusi in cucina, mentre teneva in mano la bolla d'accompagnamento che si era dimenticato di far firmare e che avrebbe confermato l'avvenuta consegna del pacco.

Il postino era un ragazzo davvero lento ma rispettoso.

Louis era in giardino armato di spazzola e lucidante. Stava scaricando la propria furia contro uno gnomo impolverato. Le spazzolate erano energiche e irrazionali. Passava frettolosamente da uno gnomo all'altro continuando a imprecare e ripentendo che non aveva tempo, che c'era troppo da fare. Ogni tanto tornava in sé e si scusava con gli gnomi dicendo che avrebbe voluto essere più gentile, ma che non poteva, altrimenti non avrebbe mai finito. Che un giorno intero era stato sprecato a causa di un'insolente ficcanaso dai capelli unti.

– Hanno tutti un nome?

Louis fermò le spazzolate. Sbuffò violentemente attraverso le narici pelose e decise di ignorare la voce.

– Intendo gli gnomi. Hanno un nome? Perché penso che li renderebbe più interessanti.

Louis borbottò qualcosa sottovoce, stando ben attento a non farsi scoprire.

– Ah, bene. Lei viene nel mio locale, si mette a mangiare la zuppa rumorosamente e oggi decide di ignorarmi. Molto maturo, signor Louis. Louis… un attimo, vediamo che c'è scritto sulla buca delle lettere. Cylfer? È questo il suo cognome? Cylfer? Vuole che la chiami *signor Cylfer*?

– Voglio solo essere lasciato in pace. Ho perso già troppo tempo ieri a causa tua. Dannata insolente.

– Come può essere colpa mia? Mica le ho dato del sonnifero!

– È colpa tua se sono dovuto andare in camera! Per nascondermi dalle tue domande fastidiose!

– Le ho fatto solo una domanda! Una! Bastava dire di non voler rispondere. Avrei lasciato perdere.

– Sul serio? Avresti lasciato perdere?

– Okay, no, avrei insistito. Ma che ci posso fare! Voglio sapere tutto!!!

– Insolente!!! Lo sapevo che volevi raggirarmi!

– Per favore, signor Cylfer. Qua tutti hanno una versione diversa di quello che è accaduto. Alcuni dicono che non era un tir ma un'automobile. Altri che non è realmente entrato in giardino, ma che si è schiantato qua vicino da qualche parte su un albero, boh, non lo so, e che poi ci sono stati tutta una serie di infarti, tipo a catena…

La rabbia in Louis smise di fare male. Aveva raggiunto il quantitativo massimo sopportabile e ora non sentiva più niente. Era narcotizzato. Avesse avuto una trentina di anni in meno, probabilmente sarebbe esploso in urla, ma adesso era troppo tardi. Lasciò cadere la spazzola e rassegnato indicò gli gnomi.

– Guardali. Da lontano.

– Qua sono abbastanza distante? – chiese Greta camminando all'indietro.

– Che figura geometrica vedi? Cosa stanno formando?

– Quattro lati. Direi un quadrato… non è certo perfetto, ma pare un quadrato.

– È l'impronta frontale del tir. Quando è caduto dal cielo e ha ucciso Magda.

Greta si congelò. Guardò meglio l'erba. Si rese conto dell'impronta sul terreno. Era quasi certa di notarla adesso. O forse era solo suggestionata dal materializzarsi della storia più assurda mai sentita in vita sua. Vedeva un meteorite dotato di specchietti retrovisori, luci frontali e parabrezza sfondato. Sentiva il silenzio sulla vasca delle rane.

– Ma come può essere atterrato così dritto, verticale?

– La collina. – rallentò Louis – Ha fatto da rampa.

– Quanto caspita veloce stava andando?

– Molto, molto veloce.

– Porca paletta. Sarà rimasto spiaccicato pure l'autista…

– In effetti… ma lui è sopravvissuto. Non può più guidare un tir, certo. O camminare. Ma è ancora vivo.

– Come è possibile…

– Mi pongo la stessa domanda, da dieci anni.

Il silenzio piombò nel giardino. Una nuvola grigia coprì il tiepido sole autunnale. Greta voleva dire qualcosa.

Chiedere scusa per essere stata tanto curiosa. Ma non riusciva ad aprire bocca. La lingua le si era incollata al palato. Si sentiva stupida. Arrogante. Inappropriata. Tutte sensazioni che qualche tempo prima l'avrebbero resa orgogliosa delle sue azioni, ma che adesso la stavano portando a rammaricarsi.

– Va' via – disse Louis, raccogliendo nuovamente la spazzola da terra.

Poi, un evento rarissimo accadde: per la prima volta in vita sua Greta non disse nulla e andò via.

CAPITOLO 6

La routine è ciò che salva un essere umano dalla disperazione. "Se so cosa farò la mattina e cosa accadrà nel pomeriggio, la sera prenderò sonno senza problemi." Dormire è una routine essenziale, perché perdere sonno vuol dire perdere energie e non avere forza per gestire il poco tempo che resta. Quando invecchi, vivere diventa un costante susseguirsi di perdite. Perdi le persone che ami. Perdi il filo della storia quando ti addormenti mentre leggi. Perdi capelli. Denti. Bottoni dalle camicie nell'armadio. Perdi l'appetito perché non hai più voglia di cucinare e aprire un barattolo di zuppa in scatola diventa routine che nutre. Perdi un pezzo di speranza, come un albero perde una foglia, e gli alberi sulla collina non avevano né l'una né l'altra cosa. Si ergevano quasi spogli, avviliti, senza sapere cosa li tenesse in piedi.

Quegli alberi e Louis avevano molte più cose in comune di quanto lui avesse mai sospettato.

Il villaggio era stato fondato su salde basi di routine per salvarsi dall'inaspettato. Le forniture alimentari arrivavano regolarmente solo una volta alla settimana. Il tempo veniva scandito giorno dopo giorno offrendo non più di un elemento su cui concentrarsi. Chi aveva deciso di andare a vivere in quel contesto era sceso a compromessi con le proprie aspettative.

La routine non annulla il tempo, lo addomestica. Ti senti in grado di controllarlo. Puoi fare a meno di indossare un orologio perché sai già quello che accadrà.

È uscire con il cane, lasciando il guinzaglio in casa.

Tutti gli abitanti del villaggio volevano quello. Controllare il tempo e non vederlo più come un nemico. Molti erano vivi per inerzia e si recavano al ristorante per bere dimenticandosi di essere morti anni prima, solo perché bere al ristorante era divenuto parte della loro routine.

Il supermercato apriva i battenti ogni mattina sapendo già chi sarebbe entrato di lì a breve. Delle volte, sapendo già quale sarebbe stato l'incasso. La novità tecnologica del mese era passata in disuso nel momento in cui veniva esposta. Doveva essere un oggetto talmente depotenziato da non creare scompiglio.

Magda aveva accettato remissivamente di andare a vivere nel villaggio. Lei sognava viaggi, perdersi in esperienze rimandate a causa della famiglia, del lavoro, della malattia, del miraggio della pensione. Ben prima di conoscere Louis si era già resa conto che lo scorrere inesorabile del tempo le aveva fatto perdere le energie per realizzare tutto quello che desiderava. Louis dal canto suo non era mai stato coraggioso. Il giardino dove passava le sue giornate era la metafora perfetta della sua apertura mentale. Quel villaggio era la tomba sopra il terreno dove aveva scelto di finire confinato per sfuggire dall'inaspettato.

Creare un minuscolo scompiglio nella routine del villaggio era il compromesso che Magda aveva raggiunto con le sue rane. Louis non poteva fare a meno di pensare che il tir fosse stato la sua punizione, un segno per fargli capire che niente può essere sicuro, nemmeno un luogo dove il tempo non esiste. Se invece di un villaggio avessero scelto di andare a vivere in una caverna, la montagna sarebbe crollata. Se invece della montagna avessero scelto una barca nel mezzo di un lago, sarebbe stato un maremoto. Se fossero saliti su un razzo e finiti su un pianeta lontano, sarebbe stato un asteroide. Louis sentiva che, qualunque cosa lui avesse scelto di fare, non ci sarebbe stato modo di scappare dal dolore. Che gli sarebbe sempre stata tolta l'unica bellezza che lo teneva in vita.

Gli gnomi erano l'universo da lui creato, dove tutto seguiva regole salde che solo lui conosceva. Era una divinità armata di spazzola, lucidante, ombrello dalla punta in osso e metro pieghevole per misurare le corrette distanze ossessivamente. Controllava la pioggia. La neve. Era il paladino delle intemperie.

I giorni successivi all'ultimo incontro, Greta li passò a camminare e studiare gli altri abitanti, non solo quelli che si recavano da lei al ristorante. C'era questo odore nell'aria, ovunque lei andasse. Usciva dalle bocche delle persone con cui parlava. Infestava le loro pareti domestiche. Non era odore di chiuso, era tanfo di rassegnazione.

Tutti avevano deposto le armi e accettato il loro destino.

Li guardava uscire dalle case per recarsi mansueti verso la loro routine. C'era chi doveva affrontare settimanalmente dei balli di gruppo e si trascinava controvoglia, lamentandosi sempre allo stesso modo. Salutava ogni sera una ridicola ronda formata da due sole persone che prometteva di proteggere tutto il villaggio da malintenzionati e si domandava chi mai avrebbe potuto avere alcune intenzioni verso quel luogo. Annusava con attenzione una casa e le veniva voglia di formaggio e pensava al ristorante e a come avrebbe potuto migliorarlo se solo non fosse stata così pigra. Ammirava la ripetitività delle percosse somministrate a degli esanimi tappeti orientali in giardino, ci vedeva una coreografia in quei gesti, erano come dei burattini che uscivano su binari sicuri di un orologio a cucù, comandati da un rintocco, compiendo sempre lo stesso percorso. Si complimentava per la bellezza di alcuni quadri rendendo una pittrice molto fiera di sé, nonostante fossero tutti la copia quasi esatta di quello concluso precedentemente. Seguiva con interesse un'eterna partita di scacchi, sperando nella vittoria di una qualunque delle parti solo per vedere qualcosa concludersi, finalmente, in quel luogo. Ogni volta che imparava un nuovo particolare della vita degli anziani, le veniva a mancare un centimetro di ossigeno nei polmoni.

Le venne il forte desiderio di scappare lontano e per fortuna le balenò in mente il ricordo di avere poco più vent'anni e che quel luogo non era fatto per lei.

Non doveva essere anche la sua tomba. I suoi piedi presero l'iniziativa e si mise a correre via da tutto. Cercava qualcosa di inaspettato o solo di tornare a respirare.

Raggiunse la cima della collina con le gambe che le facevano male. Lavorare in cucina non è di sicuro un grande allenamento per la corsa.

Da là sopra era in grado di vedere tutta la pianta urbanistica del villaggio. Vedeva i solchi nel terreno lasciati degli abitanti, che tracciavano i percorsi della loro esistenza. Si voltò a guardare l'autostrada, si soffermò sul punto dove curvava e costruire un guardrail avrebbe avuto senso. Vide il resto di un antico lumino dimenticato e fossili di fiori appassiti. Le sembrò di vedere le tracce degli pneumatici del tir o forse stava solo sperando di vederle. Appena sotto di lei, osservò la casa di Louis con il suo distintivo e variopinto quadrato di gnomi da giardino.

Qualcosa balzò ai suoi occhi, un elemento che le era sfuggito e che solo adesso, da così lontano, era stata in grado di notare. Sorrise, tornò a respirare. Finalmente qualcosa di inaspettato.

La notte stava calando con la dovuta calma, quella che regnava ovunque nel villaggio. Louis era seduto sulla sedia in giardino, impegnato nella sua occupazione preferita: scrutare e offendere i passanti. Il suo sguardo era serio e impassibile e nessuno si sentiva coraggioso abbastanza da salutarlo. I più incoscienti facevano un cenno con la testa e la sua risposta era un groviglio di parolacce pronunciate con un rantolo di voce camuffato da un sorriso falso.

– Signor Cylfer! Ho capito il messaggio degli gnomi!

Louis emerse di colpo dal suo stato di trance. Era ancora Greta.

– Ho capito, signor Cylfer!!!

– Che cosa? Cosa stai dicendo? Che ci fai ancora qua?

– Sono gli abitanti del villaggio, vero?

– Chi?

– Gli gnomi! Sono stata in cima alla collina e ho visto! Il numero degli abitanti, la disposizione delle case, il quadrato irregolare, corrisponde agli gnomi! A quasi tutti cioè, alcuni no. Tipo i tre gnomi in alto, non ne fanno parte, credo. Ecco quelli potrebbe spiegarmi gentilmente chi sono?

Le labbra di Louis si chiusero a serranda e vennero risucchiate nel sottoscala della bocca.

– Vattene – disse categorico.

– Ma signor Louis, siamo amici adesso!

La rabbia sopita negli anni e che pensava fosse solo muffa all'interno delle pareti del cranio, d'improvviso era divenuta polvere da sparo prossima a detonare.

– Vattene via! Sgualdrina insolente! Vattene!

Greta balzò indietro spaventata. Louis afferrò il poco distante ombrello e lo puntò contro la ragazza.

– Come hai potuto farmi questo? – l'anziano era in preda a un raptus incontrollabile e tremava – È tutto un gioco, per te?

Greta non riusciva a capire. C'era qualcosa nel tono di voce di Louis che l'aveva spiazzata. Quello che aveva davanti non era più il burbero signore che stava cercando di conoscere, era un uomo disperato che avrebbe fatto qualunque cosa pur di non cedere il suo più intimo segreto.

– Io, stavo solo guardando i suoi gnomi…

– Non avvicinarti mai più ai miei gnomi o vengo a dare fuoco al tuo locale mentre tu e la tua famiglia state dormendo!

La punta in osso dell'ombrello le venne premuta sulla gola.

– Signor Louis, ma cosa dice, cosa fa… – le parole vennero a mancare, i pensieri si accartocciarono su sé stessi.

– Vattene. Hai capito.

Louis spinse la punta quanto necessario per essere preso seriamente. Greta percepì il pericolo e si allontanò.

Quella sera lavorare al ristorante fu quasi impossibile. Le gambe doloranti non le davano tregua e la gola le faceva male. La sua curiosità aveva distrutto l'universo di instabile sicurezza dell'anziano vedovo e ora c'erano solo le macerie di un segreto decodificato. Si sentì fragile e sporca. Non aveva combattuto e non se lo sarebbe mai potuto perdonare. Si scrollò di dosso queste sensazioni reagendo nell'unico modo che conosceva (e che era anche il peggiore): pianificando vendetta.

CAPITOLO 7

A causa della curiosità di Greta, saranno ora riportati i nomi e cognomi di tutti gli abitanti del villaggio.

Famiglia Agavigni, due membri.

Giangiacomo ed Eleonora. Anni ottantasette e ottantaquattro.

Residenti nell'abitazione 1A da trentatré anni.

Adorano i balli di gruppo, ascoltare musica da ballo e parlare della prossima volta in cui andranno a ballare. Normalmente invitano in casa la famiglia Guglielmoni per serate di pratica. Non escono dal villaggio da tredici anni. I figli non sono mai venuti a trovarli. Il telefono dell'abitazione risulta senza linea da sette anni e nessuno se ne è accorto.

Famiglia Guglielmoni, due membri.

Filippo e Annalisa. Anni ottantuno e settantotto.

Residenti nell'abitazione 1B da ventotto anni.

Non amano particolarmente i balli di gruppo ma, a causa di un fraintendimento capitato con i vicini di casa alcuni anni prima, ora ritengono che sia troppo tardi per tirarsi indietro. Ogni settimana cercano una scusa per non andare ma, per non destare sospetti, di recente Filippo ha comprato nuove scarpe da ballo.

Famiglia Kruger, due membri.

Alois ed Evelyn. Anni ottantadue entrambi.

Residenti nell'abitazione 1C da trent'anni.

Parlano poco tra di loro e ancora meno con gli altri abitanti. Hanno una televisione di enormi dimensioni in salotto sempre accesa e due set di cuffie per ascoltare senza dare fastidio a nessuno. Alois ha problemi di udito e le sue cuffie sono tarate per sparare un volume del suono insopportabile per qualunque altro essere umano.

Famiglia Dorisz, due membri.

Ugo e Petra. Anni settantaquattro e settantasei.

Residenti nell'abitazione 1D da venticinque anni.

Dormono in stanze separate dal primo giorno in cui sono arrivati a vivere nel villaggio. Volevano avere figli ma nessuna gravidanza è stata mai portata a termine con successo. Hanno sei gatti, ognuno ha il nome di uno dei possibili figli mai nati.

Famiglia Bellomo, due membri.

Diego e Amanda. Anni ottantasette e settantatré.

Residenti nell'abitazione 1E da trentun anni.

L'orgoglio di Diego è sempre stata la sua barca a vela, un quattro metri che ora giace inutilizzato nel parcheggio all'aperto. Talvolta torna a prendersene cura. Capitano delle notti nostalgiche in cui informi la moglie di voler dormire in barca. Lei gli prepara tutto il necessario e lui si reca per vivere ancora un istante di fittizia avventura. Mentre lui non è in casa, Amanda intrattiene una relazione extraconiugale con Ugo Dorisz.

Famiglia Reich, due membri.

Pierre e Vivienne. Anni settantacinque e settantaquattro.

Residenti nell'abitazione 2A da ventotto anni.

Di origini francesi, sono stati gli organizzatori della "Settimana del formaggio" presso il supermercato del villaggio, un cliché che incarnano senza alcuna vergogna. La loro abitazione è la più facile da individuare a causa del forte odore che ne fuoriesce. Amano frequentare il ristorante locale.

Famiglia Stratter, due membri.

Don e Valentina. Anni settantasette e settantacinque.

Residenti nell'abitazione 2B da ventotto anni.

Accaniti bevitori, in cantina hanno una riserva di vino che potrebbe soddisfare un intero quartiere cittadino. Si addormentano spesso sbronzi sul tavolo in cucina senza averlo sparecchiato.

Famiglia Coin, due membri.

Fabiano e Luisa Maria. Anni ottantatré e ottantadue.

Residenti nell'abitazione 2C da trent'anni.

Si sono conosciuti quando lui lavorava come controllore sui treni. Dopo averle chiesto il biglietto, tornò indietro per chiederle di vederla nuovamente una volta giunti a destinazione. Lei da prima declinò, poi fece in modo di salire per un mese intero sullo stesso treno dove lui lavorava. Per trenta giorni lui rinnovò il suo invito. Il trentesimo giorno lei accettò e poco dopo convogliarono a nozze. I figli lavorano tutti nei trasporti.

Famiglia Strano, due membri.

Paolo e Barbara. Anni settantuno e settanta.

Residenti nell'abitazione 2D da ventitré anni.

Non si sentono ancora pienamente accettati nel gruppo. Cercano di partecipare il più possibile alle attività del villaggio e spesso si presentano con deliziose torte preparate da Barbara, ex pasticciera. Senza riscuotere il successo desiderato, tornano spesso a casa con le torte integre.

Famiglia Birighelloni, due membri.

Timotello e Bumbolina. Anni ottanta e settantanove.

Residenti nell'abitazione 2E da ventinove anni.

Soprannominati "i burloni" del villaggio, a causa dei loro nomi dal suono spiritoso. Nessuno li ha mai sentiti fare una battuta, però tutti ridono quando li intravedono. Bumbolina esce sempre più raramente.

Famiglia Jutter, due membri.

Gernot e Brigitte. Anni ottantaquattro e non rivelato.

Residenti nell'abitazione 3A da ventinove anni.

Tutti i prodotti di bellezza, creme antirughe e tinte per capelli che ogni settimana vengono recapitate dal postino sono ordini provenienti da questa famiglia.

Famiglia Wellingthon, due membri.

Charles detto “il Carletto” e Fay. Anni ottantotto e ottantacinque.

Residenti nell’abitazione 3B da trentadue anni.

Secondo una statistica non autorizzata i membri di questa famiglia sono i più bassi di tutto il villaggio. Alcuni per scherzare dicono che sono statuette scappate dal giardino del signor Cylfer. “Il Carletto” non lo trova offensivo, è a suo agio con la sua altezza relativa e la moglie Fay (di statura appena normale) lo aiuta sempre a prendere i prodotti per lui irraggiungibili sugli scaffali del supermercato. Le dimensioni ridotte del marito non sono mai state un problema e questo primato la lusinga. Ha una stanza dove conserva la sua collezione di bambole dove spesso porta Carletto a bere il tè, facendogli indossare diversi vestitini a seconda dell’occasione.

Famiglia Meyer, due membri.

Adolf e Boyana. Anni ottantanove e ottantasette.

Residenti nell’abitazione 3C da trentaquattro anni.

A causa del suo nome, Adolf ha sempre cercato di recuperare facendo del bene, date le ostilità iniziali riscontrate per tutta la vita. Un giorno finì casualmente alla festa di un partito di estrema destra nella Bassa Sassonia dove, una volta presentatosi, gli fu offerto di tutto e passò giorni felici al centro dell’attenzione. In quel contesto conobbe la moglie. Insieme si dedicano alla ricerca di cimeli provenienti da tutte le guerre possibili mai avvenute sul pianeta.

Famiglia Rizzo/Fagiani, due membri.

Valentina e Chiara. Anni settantatré e settantacinque.

Residenti nell'abitazione 3D da diciannove anni.

Sono solo amiche.

Famiglia Negrelli, due membri.

Fiore e Carmelina. Anni ottanta e ottantadue.

Residenti nell'abitazione 3E da ventisette anni.

Il giardino è stato completamente trasformato per diventare un orto. Carmelina è una grande esperta di agricoltura biodinamica. Fiore è un entomologo in pensione. I due unirono le loro forze per contrastare la sovrabbondanza di zanzare generata dalla vasca delle rane della defunta Magda. Erano quasi arrivati a una soluzione quando avvenne il famoso incidente. Da allora dedicano la loro vita al diffondersi di piante spontanee in ogni angolo del villaggio. Con discreto successo.

Famiglia Gemelli, due membri.

Damiano e Flavia. Anni ottantotto e ottantacinque.

Residenti nell'abitazione 3F da trentun anni.

L'unico evento meritevole di essere annotato riguardo a questa famiglia è stato il giorno in cui dipinsero il loro steccato di color lavanda. Il cambiamento durò poco meno di una settimana. Alla prima riunione del CAPRA tutti i membri del villaggio (esclusi Louis e Magda) votarono per obbligarli a portare nuovamente il colore verso il bianco.

Famiglia Millevolti, due membri.

Lorenzo e Francesca. Anni settantotto e settantaquattro.

Residenti nell'abitazione 3G da venticinque anni.

Possiedono due cani. Cerbero e Flaffo. Cerbero è un mastino napoletano la cui bava può essere rinvenuta ovunque per le strade del villaggio. Flaffo ha solo tre gambe e spesso viene portato in braccio. Furono loro a notare lo stato decadente degli alberi del bosco che circondava il villaggio quando Cerbero ne estirpò uno senza fare alcuna fatica. Lo riportarono al Consiglio Allargato per la Pace Rurale Assoluta ma venne ignorato. Gli animi erano ancora troppo scossi per il nuovo colore dello steccato della famiglia Gemelli.

Famiglia Zanotti, due membri.

Alberto e Renata. Anni sessantacinque e sessantatré.

Residenti nell'abitazione 3H da tredici anni.

Soprannominati i "novelli sposi". Unici superstiti del volo TW 24-15 diretto alle isole Mauritius. Doveva essere la loro ultima vacanza insieme. Avevano deciso di divorziare e di concedersi un ultimo svago di coppia prima di dirsi addio. Dopo l'ammaraggio e la terapia per superare il trauma, decisero di restare insieme e gli fu consigliato di comprare casa presso il villaggio. Restii inizialmente all'idea, cambiarono opinione una volta fatto un sopralluogo. La calma e la completa prevedibilità delle giornate li conquistarono. Possiedono un computer e una stampante.

Famiglia Fehnazer, due membri.

Saed e Sarah. Anni settantotto entrambi.

Residenti nell'abitazione 4A da ventisette anni.

Musulmani non praticanti, amano i tappeti persiani. Il fine settimana lo passano ad appenderli sugli stenditoi in giardino e a turno, armati di battipanni, li percuotono per mandare via la polvere accumulata. Spesso cantando melodie appartenenti alla loro tradizione popolare. Festeggiano il Natale del villaggio insieme a tutte le altre famiglie, per non sentirsi esclusi.

Famiglia O'Brian, due membri.

Christopher e Liza. Anni ottanta e ottantuno.

Residenti nell'abitazione 4B da ventotto anni.

Il sole è il loro nemico più acerrimo. Non ci sono creme protettive capaci di permettergli di stare all'aperto indossando vestiti corti. Per svolgere attività all'aria aperta nel loro giardino, sono stati costretti a costruire un complesso sistema di tende e ombrelloni. Escono volentieri di sera e partecipano alla vita notturna senza mai tirarsi indietro. Si sospetta siano vampiri. Il medico locale (nonché produttore di mais e dentista amatoriale) non si è mai occupato di loro. Fatto che ha portato molte famiglie a mettere corone d'aglio fuori dalla porta d'ingresso.

Famiglia Tabor, due membri.

Oliver e Margherita. Anni ottantotto e ottantasei.

Residenti nell'abitazione 4C da trentadue anni.

Si lamentavano spesso dell'ombra costante nel loro giardino, a causa di tutte le tende innalzate dai vicini. Con il passare degli anni, però, si sono abituati e ora che le temperature si sono alzate e tutti stanno correndo ai ripari acquistando sistemi di aria condizionata, loro si ritengono fortunati a non doversene preoccupare e passano molto tempo riparati in giardino a bere drink a base di frutta.

Famiglia Gellini, due membri.

Raffaello e Maria Teresina. Anni settantotto e settantasette.

Residenti nell'abitazione 4D da ventisei anni.

Famosi per la loro insalata russa. Raffaello ha provato ogni sostanza allucinogena sul pianeta, grande sostenitore dell'LSD. Maria Teresina ama coltivare piante stupefacenti per il marito che ancora ne fa un uso quotidiano.

Famiglia Cylfer, un membro (furono due).

Louis e Magda. Anni ottantatré e defunta a settantadue.

Residente nell'abitazione 4E da ventinove anni.

Il loro fu un amore nato in tarda età, tra le corsie dell'ospedale dove erano soliti andare a fare analisi e controlli. Durante un'attesa più lunga del solito, Louis si fece avanti e offrì di tenere compagnia a Magda che accettò ben lieta. Si sposarono nella cappella dell'ospedale con il primario di oncologia a fare da testimone per entrambi.

Famiglia Cutrelli, due membri.

Domenico e Violetta. Anni ottantotto e ottantaquattro.

Residenti nell'abitazione 5A da trentatré anni.

Chitarrista talentoso in giovane età, Domenico si esibiva spesso nel giardino del ristorante del villaggio. Il repertorio è rimasto invariato in quasi settant'anni di carriera. Violetta ama accompagnare il marito cantando, ma la sua voce è invecchiata e risulta stanca e ruvida. Le mani di Domenico invece godono di un vigore quasi innaturale.

Famiglia Pallazzo, due membri.

Enrico e Viviana. Anni ottantadue e ottantatré.

Residenti nell'abitazione 5B da trent'anni.

Poliziotti in pensione, una vita dedicata a combattere il crimine. Hanno istituito una ronda serale che controlla la sicurezza delle strade del villaggio e di cui sono gli unici due membri, perché in quella fascia oraria la quasi totalità dei residenti sta già dormendo.

Famiglia Wretch, due membri.

Paul e Monica. Anni ottantasette e ottantatré.

Residenti nell'abitazione 5C da trentun anni.

Pittrice di successo, i soggetti delle sue opere sono sempre stati paesaggi e fiori. Da quando si è trasferita nel villaggio ama ritrarne gli abitanti ed eseguire nature morte con le pannocchie di cui va ghiotta. Si vocifera sia opera sua la scarsa riproduzione di un famoso quadro di Van Gogh appesa nella sala d'attesa del medico locale. Paul è privo di ogni talento.

Famiglia Notabile, due membri.

Ezio e Damiana. Anni ottantacinque e ottantaquattro.

Residenti nell'abitazione 5D da trentatré anni.

Difficilmente vengono invitati a partecipare alla vita mondana. Quando camminano per strada a stento vengono salutati. Mentre sono in fila in cassa tutti gli passano davanti. Al ristorante nessuno li accompagna al tavolo, ci vanno da soli. La loro casa viene regolarmente dimenticata dal postino. Al mattino controllano la loro reciproca esistenza cercando conferma nel riflesso dello specchio.

Famiglia Deloi, due membri.

Calogero e Rebecca. Anni settantanove e ottantacinque.

Residenti nell'abitazione 5E da trentadue anni.

Appassionati di scacchi, il loro giardino è stato trasformato in una gigantesca scacchiera. La partita attualmente in corso è stata iniziata dodici anni prima. È il turno di Rebecca che sta studiando la mossa da fare da alcuni mesi.

Famiglia Rubizzi, due membri.

Alvise e Donata. Anni ottantanove entrambi.

Residenti nell'abitazione 6A da ventotto anni.

Avendo poco da dirsi l'un l'altro, attendono con trepidazione la prossima mossa di Rebecca Deloi.

Famiglia Nikolovi, due membri.

Asparuh e Kosara. Anni novantadue e novanta.

Residenti nell'abitazione 6B da trent'anni.

Di origini bulgare, non si tirano mai indietro quando si tratta di aprire una bottiglia di vodka, specialmente durante il giorno. Circensi in pensione, talvolta utilizzano le corde per stendere i panni e ricordare i brividi provati durante gli anni prolifici di carriera.

Famiglia Cash, due membri.

Zachary e Aubrie. Anni novanta e sessantanove.

Residenti nell'abitazione 6C da trentaquattro anni.

In assoluto la famiglia più ricca di tutto il villaggio. La ronda serale riceve cospicue donazioni per stazionare maggiormente nella loro zona di residenza. Si dice che Zachary possieda una dentiera interamente fatta d'oro, ma nessuno gliel'hai mai vista indossare al ristorante. Aubrie invece visita regolarmente un chirurgo estetico per revisionare il proprio seno artificiale. Investimento di cui il marito va estremamente orgoglioso.

Famiglia Speranza, due membri.

Fortunato e Grazia. Anni ottantotto e ottantacinque.

Residenti nell'abitazione 6D da trentadue anni.

Si sono sempre ritenuti benedetti da una certa forza sovrannaturale, fino al loro arrivo nel villaggio. Il loro giardino comunica direttamente con quello del ristorante e spesso i frequentatori troppo ubriachi per tornare in tempo a casa, depositano liquidi o peggio su quel prato. Hanno rinunciato a far crescere aiuole floreali.

Famiglia Villa, due membri.

Ernesto e Ada. Anni cento e novantasette.

Residenti nell'abitazione 7A da trentanove anni.

I più anziani membri del villaggio. Ernesto è presidente del CAPRA. Ada, esemplare modello di moglie all'antica, si occupa ancora di ogni bisogno del marito. Sono tendenzialmente autosufficienti anche se la loro casa è un vero prodigio di tiranti e corde sistemate nei luoghi necessari per permettere ai due anziani di compiere semplici azioni quali: alzarsi dal letto, entrare in vasca, aprire la porta del frigorifero. Si spostano alla velocità media di 2 chilometri orari.

Famiglia Hu, due membri.

Yan e Faye. Anni novantacinque e novanta.

Residenti nell'abitazione 7B da trent'anni.

Parlano poco, escono poco, coltivano molto. Non amano gli occhi indiscreti. Furono gli unici presenti, anche se a debita distanza, al funerale di Magda.

Famiglia Burberi, due membri.

Ivo e Loretta. Anni novantasei e novantacinque.

Residenti nell'abitazione 7C da trentacinque anni.

Prima dell'arrivo dei Zanotti erano loro a occuparsi dei resoconti e dell'archivio delle riunioni del CAPRA. Votati a tale impegno preso quando il consiglio venne istituito, l'intero scantinato è ancora oggi l'archivio ufficiale del villaggio. Si entra solo previo appuntamento.

Famiglia Caporali Della Cava, due membri.

Oscar Renato Cesare e Maria Vittoria. Anni novantaquattro entrambi.

Residenti nell'abitazione 8A da trentaquattro anni.

Durante le loro lente passeggiate non perdono occasione per ricordare agli altri villeggianti le loro origini nobiliari. In pochi ci credono. In molti li lasciano stare e li salutano con sgraziate riverenze. Louis sputa con maggiore accanimento quando li incontra.

Famiglia De Marco, due membri.

Tommaso e Pasqualina. Anni novantasette e novantasei.

Residenti nell'abitazione 8B da trentasei anni.

Il postino sbaglia sempre a recapitare la loro corrispondenza.

Famiglia Di Marco, due membri.

Pasquale e Tommasina. Anni novantotto e novantacinque.

Residenti nell'abitazione 8C da trentacinque anni.

A causa di un'omonimia piuttosto spiccata sono costretti a separare le lettere in eccesso e consegnarle ai vicini.

A causa di un'omonimia piuttosto spiccata sono costretti a separare le lettere in eccesso e consegnarle ai vicini.

Famiglia Raffazza, due membri.

Umberto e Rugiada. Anni novantotto e novantasei.

Residenti nell'abitazione 8D da trentasette anni.

I colpi di tosse di Umberto sono capaci di tenere sveglio l'intero villaggio durante la notte. La moglie ha provato di tutto, ma nei periodi in cui tale problema si accentua viene ospitata sulla barca di Diego Bellomo, essendo l'abitazione più distante di tutte.

Famiglia Scazzari, due membri.

Ropello e Lisanza. Anni novanta e ottantatré.

Residenti nell'abitazione 8E da trentaquattro anni.

Se il tir avesse viaggiato a una velocità di 15 chilometri orari in più, la collina fosse stata il 5 per cento maggiormente inclinata e il vento avesse soffiato a ulteriori quattro nodi nella direzione giusta, sarebbe stato il loro giardino a ospitare la catastrofica caduta.

CAPITOLO 8

La cucina era la prima stanza a essere baciata dal sole mattutino. Le tende erano sempre aperte, poiché Louis non aveva nulla da nascondere. Voleva che i vicini vedessero il disordine e la totale mancanza di accoglienza, così da non doversi mai sentire in obbligo di invitare qualcuno a entrare. Le torri di piatti in prossimità delle finestre fungevano da scenografico deterrente. Tutto era calcolato al millimetro per comunicare con la minore quantità di tempo necessaria (una breve sbirciatina) il più caotico e inospitale paesaggio possibile.

Le ombre delle torri si allungavano sul pavimento seguendo lo scorrere delle giornate. Era uno spettacolo che Louis amava guardare. Immaginava fossero profili di palazzi, grattacieli appartenenti a chissà quale città dove non era mai stato. Dove la sua Magda sarebbe voluta andare se non fossero finiti a vivere nel villaggio, per una colpa che poteva additare solo a sé stesso. Osservava il distendersi del profilo metropolitano mentre sorseggiava acqua calda con limone spremuto e per un momento non era in casa, era altrove a vivere una vita che poteva solo sognare, dove Magda era ancora viva e i tir viaggiavano per strada senza cadere dal cielo.

L'avventura al ristorante di qualche giorno prima gli aveva fatto ricordare l'eterno conflitto con i cucchiai. Non poteva accettare di essersi mostrato così incapace. Davanti a tutti poi. Si mise a rovistare negli anfratti più luridi, tra ragnatele polverose e muffe in fase terminale.

– Ah! Deve essere qui, da qualche parte! Ne sono sicuro! Ah! Devo ancora averlo! – diceva mentre rovesciava i cassetti – C'è troppo disordine! Ah! Non si trova nulla! Ah!!!

Fu così che, in maniera del tutto involontaria, iniziò a rassettare. Borbottando incessantemente "Ah!" lavava un piatto dopo l'altro, lo asciugava, "Ah!", lo riponeva nell'apposito cassetto, "Ah!!!". Sgrassò le pentole. Lucidò le padelle. Poi fu il momento dei bicchieri e delle tazze "Aaah!". Con relativa calma, il fondale della cucina e dei lavelli stava per emergere. Il luccicore delle posate fece capolino, uno sfarfallio di riflessi talmente opachi e timidi da infastidire ancora di più Louis che prese le forchette e, a una a una, le rese radiose e capaci di abbagliare a chilometri di distanza. Arrivarono i coltelli e ricevettero tutti una rinfrescante affilatura. Infine il tesoro nascosto: i cucchiai. Combatté l'istintiva repulsione provata non appena li vide comparire. I piccoli da caffè furono i primi a essere salvati. Poi quelli più lunghi da tè. Poi quelli normali, da zuppa.

Erano passate ore, il pranzo si stava avvicinando. Le ombre dei palazzi erano sparite dal pavimento lasciando posto a mattonelle pulite di fresco. Louis passava lo straccio ovunque, non riusciva a fermare il raptus di pulizia domestica. Non era affaticato. Più vedeva ricomparire la vecchia cucina, più il desiderio di proseguire aumentava.

Sbuffò, passò la mano sulla fronte sudata poggiandosi al bastone dello straccio per osservare in posizione eretta e stabile il lavoro svolto. Sotto tutto quel sudiciume c'era ancora la cucina in cui lui e Magda avevano avuto mille colazioni, pranzi e cene. Era compiaciuto, si sentiva un archeologo fiero davanti alla tomba di un faraone appena riportata alla luce.

– Ah! – esclamò con un tono quasi gioioso.

Non riusciva a spiegarsi il perché di quel gesto. Era di certo piacevole l'ordine ritrovato, per non parlare dell'odore di pulito, ma aveva perso il suo scenario ostico creato per dissuadere eventuali avventori. Poi guardò il giardino attraverso la finestra e si ricordò del punto esatto dove aveva fatto piangere Greta e capì. Aveva fatto pulizie esterne per liberarsi dello sporco interno delle proprie parole. Il sorriso compiaciuto sparì dal volto.

Scaldò una zuppa in lattina e si mise a tavola per mangiarla. Uno dei cucchiai ritrovati era tornato al suo posto dopo anni di esilio. Aggiustò la distanza della sedia, indossò un bavaglino e non senza eleganza si mise a mangiare. Il consueto risucchio rumoroso fece eco nella casa vuota. Quella parte di sé non sarebbe mai più andata via. Nascondendosi tra le ossute spalle dovette ammettere a sé stesso che non era la stessa cosa. Aver assaggiato la vita mondana, anche se solo per una sera, gli aveva fatto capire a cosa avesse rinunciato in tutti quegli anni. I sapori non erano gli stessi. La zuppa del ristorante era davvero gradevole, si riusciva quasi a percepire l'amore riposto nel taglio delle verdure. Fare rumore da solo in casa era farsesco. Il concerto a cui aveva dato vita alla fine non era stato un'esperienza così sgradevole come si era costretto a percepirla. Aveva visto quanto erano simili tra loro, lui e gli altri anziani, alcuni con più denti, altri con più dentiere. Alcuni in fila per andare al bagno, altri seduti comodamente nei loro pannoloni. Louis non era solo come si era costretto a convincersi.

Decise in cuor suo che quel giorno, quando Greta si sarebbe presentata nuovamente a porre fastidiose domande, lui le avrebbe chiesto scusa. O più verosimilmente, avrebbe detto qualcosa il cui suono sarebbe stato identificato come probabili scuse.

La decisione appena presa, la cucina in ordine per la prima volta in anni e l'aver compreso di non essere totalmente solo permisero a Louis di uscire in giardino di buon umore. Se solo qualcuno lo avesse potuto guardare in quel momento, come se ne stava ritto e tronfio nel porticato. Aveva dimostrato a sé stesso di poter cambiare. Di essere un uomo che sbaglia ma che si rialza. Dal temperamento non certo facile ma che adesso, volendo, avrebbe potuto persino invitare un ospite a bere del tè. "Ieri ho fatto schifo ma guardatemi oggi, non sono la stessa persona, oggi sorrido e profumo di detergenti da pavimento!"

Il prossimo passo sarebbe stato estirpare le erbacce dal giardino, riparare la vecchia sedia a dondolo e perché no, magari cambiare la disposizione degli gnomi. Ora che il suo segreto era stato rivelato aveva bisogno di crearne un altro. Andò verso il quadrato di gnomi e la tazza appena lavata contenente acqua calda con una spruzzata di limone e mezzo cucchiaino di zucchero (premio che aveva accettato di darsi per l'ottimo lavoro svolto in cucina) cadde al suolo. Si sarebbe rotta in mille pezzi non fosse stato per le erbacce di cui Louis non si era ancora liberato. Invece rimbalzò un paio di volte su dei morbidi ciuffi, rotolando poi verso gli gnomi.

Louis non voleva credere ai suoi occhi. Il suo volto aveva la stessa espressione di quando aveva visto il tir in giardino, solo che questa volta non era a causa della comparsa di un elemento esterno non previsto. Era il contrario. Era per la sparizione di un elemento fondamentale.

Capitan Chiappa mancava all'appello.

CAPITOLO 9

Il villaggio "Oasi del tempo" era stato inaugurato all'inizio degli anni settanta come sistemazione premio per i pensionati di tutte le città circostanti. Vi convergevano gli anziani di ben dodici diverse località. La posizione centrale e l'accessibilità facilitata grazie alla vicinanza dell'autostrada lo avevano reso il luogo più ambito dove confinare i propri genitori e togliersi il pensiero. I primi abitanti vissero anni di prospera felicità. Le strutture erano nuove e funzionavano alla perfezione. Si potevano fare passeggiate non troppo stancanti, giocare a tombola il sabato sera e nel giardino del ristorante spesso venivano organizzati piacevoli concerti. C'era desiderio di comunità. Consapevolezza del privilegio.

Ogni volta che doveva essere presa una decisione di una certa rilevanza per le sorti del villaggio, ci si riuniva tutti presso la sede del Consiglio Allargato per la Pace Rurale Assoluta: la medesima stanza dove il sabato sera si giocava a tombola (in quanto unico luogo dotato di un centinaio di sedie).

Durante i decenni di esistenza del villaggio, innumerevoli decisioni di relativa importanza furono prese durante queste riunioni. Di seguito le più meritevoli di menzione:

– la volta in cui fu deciso di sotterrare la piscina causa inutilizzo e reumatismi presso alcune famiglie;

– la volta in cui fu deciso all'unanimità di anticipare la tombola del sabato sera al mattino, causa l'addormentarsi sulle schede di parecchi partecipanti;

– la volta in cui fu deciso di investire una cospicua somma nella costruzione di un'attrazione turistica senza precedenti (la più grande palla di elastici della regione) invece di rinforzare i guardrail come richiesto dalle famiglie risiedenti in prossimità del punto di vicinanza critica all'autostrada (capitanate dalla famiglia Cylfer);

– la volta in cui venne deciso il licenziamento dell'addetto alla sbarra di ingresso al villaggio, comunemente chiamato "il security", che si occupava di controllare chi volesse accedervi, assunto in passato quando i figli dei residenti venivano regolarmente a trovare i genitori ma che, dopo un anno di mancata messa in funzione della suddetta sbarra, era divenuto indispensabile rimuovere o altrimenti si sarebbero dovuti fare i conti con il fatto che qualcosa non quadrasse, che i figli si erano dileguati, che nessuno sentiva la loro mancanza, fu quindi ritenuto più sensato sbarazzarsi di Luca Spallazzi dopo diciotto anni di onorato servizio e fare finta di niente;

– la volta in cui le bevande gassate furono bandite dal supermercato;

– la volta in cui si discusse animatamente dell'incontrollabile proliferazione delle zanzare nel villaggio e venne chiamato a deporre un esperto in stagni e rane (che poi si rivelò essere un impostore) per cercare di dissuadere una famiglia in particolare nel proseguire con questo hobby;

– la volta in cui la guardia forestale venne a esporre un resoconto sullo stato di salute degli alberi facenti parte del bosco che circondava il villaggio, dove fu sottolineato quanto la vicinanza dell'autostrada fosse dannosa per salute delle piante;

– la volta in cui il comitato "Autostrade Green" venne in visita e portò in propria difesa numerosi dati (falsati), doni, gadget e organizzò un festoso buffet dove tutti gli abitanti furono più che felici di ingozzarsi, dimenticando quello che gli era stato detto alla riunione precedente dalla guardia forestale;

– la volta in cui tutti i presenti, unico assente Louis Cylfer, avallarono proposte sul come rimuovere un tir da un giardino senza dover incappare in costi eccessivi e senza danneggiare le case circostanti.

Il presidente del CAPRA era il signor Ernesto Villa. Nell'aspetto era più simile a un lichene secolare che a un uomo. I capelli lunghi, fini e bianchissimi, svolazzavano ogni volta che un soffio d'aria entrava nella stanza della tombola. La sua voce però era rimasta immutata nel corso del tempo e risultava potente e autoritaria, tanto da non aver mai avuto bisogno di un microfono per farsi sentire anche dai partecipanti muniti di apparecchi acustici. La moglie Ada lo accompagnava ovunque. I due camminavano tenendosi per mano, usanza molto comune tra gli abitanti del villaggio (Louis escluso). Per riuscire ad arrivare in tempo alle riunioni dovevano lasciare la loro abitazione un paio di ore prima dopodiché, poco alla volta, arrancando e trascinandosi, erano i primi ad aprire le porte e sistemarsi al tavolo dei più notabili.

I documenti riguardanti l'ordine del giorno venivano forniti dalla famiglia Zanotti, i giovani (per modo di dire) sopravvissuti del disastro aereo TW 24-15 e unici proprietari, nell'intero villaggio, di un computer munito di stampante (oggetto acquistato nel supermercato locale pochi anni prima) sul quale trascrivevano ogni intervento ed eventuale votazione.

Il CAPRA si riuniva la prima domenica di ogni mese. Era previsto un rinfresco e spesso si coglieva l'occasione per festeggiare dei compleanni. Un tavolo veniva usato dalle famiglie che volevano condividere cibarie con i vicini. Gli Strano avevano lavorato sodo per guadagnare un misero spazio su quel tavolo e ancora oggi, nonostante tredici anni di tentativi, le loro torte venivano assaggiate a malapena. Il piatto più ambito era l'enorme zuppiera stracolma di insalata russa preparata seguendo la ricetta segreta tramandata da generazioni nella famiglia Gellini. L'ingrediente segreto era una radice di pianta oppiacea coltivata illegalmente nel loro giardino che, oltre a fornire un sapore lievemente amarognolo ma corposo e molto, molto apprezzato, creava un'elevata dipendenza.

Verso metà mese venivano presentati alla famiglia Zanotti (oppure riportati sulla bacheca nella piazza delle attività commerciali) gli argomenti di discussione della riunione successiva. I più importanti venivano inseriti nell'ordine del giorno. Si dava poi spazio a ciò che da più tempo veniva accuratamente ignorato e infine largo alle "varie ed eventuali".

A fine mese la famiglia Zanotti metteva in funzione la stampante e preparava copie per tutte le famiglie partecipanti. La sera, data la sua innata passione per la calligrafia, Renata ricopiava a mano l'ordine del giorno nel quaderno che avrebbe poi consegnato di persona al presidente del CAPRA, Ernesto Villa, che ripudiava le copie stampate. I caratteri erano chiari, lucidi, le parole grosse, il tratto sicuro e questa cura gli permetteva di leggere nonostante le cataratte. Quel quaderno era una piccola opera d'arte amanuense di cui Renata andava molto fiera.

Raramente era stata indetta una riunione straordinaria del CAPRA, dato che raramente qualcosa di straordinario accadeva. L'ultima volta era stata per il tir. Da quel giorno niente di fuori dal comune era più accaduto e molti si erano dimenticati della possibilità di indire una riunione straordinaria. Ma la procedura esisteva ed era piuttosto semplice. Appena sopra la bacheca nella piazza delle attività commerciali (il supermercato e il calzolaio per citarle quasi tutte), coperta dai rami troppo cresciuti del platano in pieno centro (la ditta che si occupava della sua manutenzione sarebbe arrivata l'indomani), si poteva trovare una campana.

– Amore?

– Sì, tesoro mio?

– Lo senti anche tu questo suono?

– Queste specie di scampanellio, intendi?

– Esattamente, saccottino mio.

– Sembrano dei campanellini natalizi…

– Ma siamo appena in ottobre!

– Mmmm… la loro insistenza mi lascia intuire che ci sia qualcosa di urgente sotto, non l'incombenza di una festività….

– La tua intuizione è corretta, zucchino mio, mi pare di riconoscere le urla di un uomo.

– Hai ragione, qualcuno sta urlando a perdifiato.

– Forse è successo qualcosa di grave!

– Forse qualcosa sta andando a fuoco!

– No, non sento odori strani, deve essere altro.

– Credo ci convenga recarci sul luogo di origine del frastuono.

– Ti seguirò, mia unica fiamma passionale.

– Prima di andare però, sarebbe sensato scaricare la tensione…

– Facendo… l'amore?

– Non aspettavo altro.

Danielle e Tobias non andarono più in piazza. Rimasero ad accoppiarsi fino a poco prima dell'ora di apertura del locale, costringendo Greta a chiedere scusa a tutti i clienti per il ritardo nel servizio che ci sarebbe stato quella sera.

In piazza, incollato alla campanella che adesso era stata sradicata dalla bacheca e gli penzolava in mano, Louis era paonazzo in volto e riusciva a malapena a parlare. Le urla emesse per attirare l'attenzione di tutti lo avevano svuotato. Una sparuta folla di abitanti si era riunita attorno a lui che, con un filo di voce, ripeteva quello che fino a poco prima aveva gridato con tutte le forze in corpo.

– Ri.

Fece una pausa.

– U. Nion. Eh.

Un'ulteriore pausa con un piccolo attacco d'asma.

– Stra. Oh.

Il fiatone gli stava rendendo impossibile andare avanti.

– Rrrdin – un attacco d'asma più consistente lo bloccò – Ahh – disse non appena riprese fiato.

Tutti pendevano dalle sue labbra.

Ci fu attesa. (Louis era davvero bravo nel gestire la suspence.)

– Ri…

Sembrava aver finito.

Chiuse gli occhi.

– Ah.

Emise l'ultimo suono prima di svenire in terra.

– Che ha detto?

– Boh

– Tu hai capito?

– Non veramente.

– E tu?

– Forse ha detto "riunione straordinaria". La campana serve a quello.

– Ah, già. La campana. Quanto tempo che non la sentivo.

– Era stato sempre lui l'ultima volta dieci anni fa.

– Giusto. Dieci anni fa però si faceva capire meglio. Oggi s'è mangiato tutte le parole.

– Dieci anni fa in un attimo avevamo capito.

– Doveva sprecare meno energie.

– Come possiamo capire noi.

– Io ho pure lasciato gli apparecchi acustici in casa.

– E ora?

– Che si fa?

– Eh. Dobbiamo avvisare il signor Villa?

– Così è la prassi.

– Così è…

Si divisero i compiti. Alcuni si recarono a casa di Ernesto Villa, chiamata "Villa Ernesto" per creare meno confusione. Altri prestarono assistenza al signor Cylfer e lo aiutarono a calmarsi. Qualcuno chiamò il medico locale per chiedere di venire ad accertarsi delle condizioni di salute del signor Cylfer e, già che c'era, fece partire un ordine di mais riscuotendo l'interesse da parte degli affezionati al prodotto. Alcuni iniziarono a discutere su quando dare luogo alla riunione straordinaria, se la sera stessa o il giorno dopo. La preoccupazione di tutti era che a breve il sole sarebbe tramontato, bisognava cenare e poi, a uno a uno, gli abitanti sarebbero crollati nel sonno. Insieme al medico decisero di sedare Louis e di fargli passare la nottata sotto osservazione.

La felicità fu collettiva. Il pasto serale non sarebbe saltato e non si sarebbero perse preziose ore di sonno. Alcuni poi erano davvero felici per il mais ricevuto, fu un'ottima annata per le pannocchie a detta di tutti.

Quella sera al ristorante non si parlava d'altro. "Domani alla riunione straordinaria!" ci si salutava così tra i tavoli. "A domani, alla riunione!" c'era fermento. "Straordinaria!!!" l'eccitazione era palpabile e ravvivava i volti dei commensali. Poi qualcuno si lasciò scappare un commento sulle condizioni di salute di Louis, dicendosi preoccupato, che poteva essere stato un infarto o un colpo al cuore, che sarebbe potuto morire nella notte in quello stato.

– Chissà che è successo per farlo urlare in quel modo! Già stava messo male…

– Secondo me, non arriva al panettone quest'anno.

– Ma chi? – chiese Greta che non aveva avuto tempo di prestare attenzione ai pettegolezzi che animavano quella sera il locale a causa del ritardo dovuto all'unione carnale dei genitori.

– Non sai niente? Louis è quasi morto in piazza, urlando RIUNIONE STRAORDINARIA! Dovevi vederlo, sembrava in fiamme.

– E… perché mai…

– Ah, questo non lo sa nessuno. È svenuto subito dopo. Ma lo scopriremo domani alla riunione!

– Domani… – Greta tremava visibilmente.

– Certo! Dovete venire anche voi, siete parte del villaggio!

– Dai che ci facciamo due risate, speriamo ci sia l'insalata russa!

– Speriamo!!!

– Io torno a casa allora, con mia moglie vogliamo preparare una torta da leccarsi i baffi.

– Ah…

– Ah…

– Ah…

– … speriamo ci sia l'insalata russa!

– Che buona che è!

– Non riesco a farne a meno!

– È come una… dipendenza.

CAPITOLO 10

Il postino conduceva una vita parca e aveva reso i viaggi verso il villaggio l'occasione settimanale per vivere un'avventura. Si occupava della consegna di lettere e pacchi in tutta la regione dato che la sua schiena e la sua stazza glielo permettevano agilmente. I trent'anni erano per lui prossimi all'orizzonte e quando sedeva alla guida del minuscolo minivan in dotazione diventava una caricatura ambulante, riconoscibile da tutti i destinatari a chilometri di distanza. Quello che di meritevole giaceva in lui era la voglia di veder sorridere le persone. Odiava i telefoni e i nuovi sistemi di comunicazione. Si domandava più volte al giorno come fosse possibile che l'umanità avesse scelto di evolversi verso il freddo glaciale degli sms, rinnegando la bellezza di una cartolina scritta a mano. Per questo amava particolarmente il villaggio di anziani, perché lì quasi nessuno usava i telefoni contemporanei. La maggior parte degli abitanti ancora spediva lettere e ne riceveva. Erano quasi tutte comunicazioni dalle banche, dépliant per offerte di bare in legno biologico, pacchetti vacanza verso luoghi tiepidi dove distendere le gambe anchilosate (aveva sempre la premura di togliere queste réclame dalla posta della famiglia Zanotti). Talvolta si perdeva nella bellezza di alcune lettere scritte a mano e passava minuti rapito nel soppesarle, guardare attraverso la luce solare la trasparenza della carta, i solchi dei pennini e lo spandersi dell'inchiostro.

Rodolfo lavorava nelle poste da quando aveva sedici anni. Non era mai stato una cima in niente ma non si lamentava mai, per questo era salito di livello senza dare fastidio a nessuno. Lui voleva solo guidare il minivan e immaginare i contenuti delle lettere che ritirava e consegnava agli anziani.

Il seno di Greta aveva avuto lo stesso impatto sulla sua immaginazione di quello che aveva una lettera scritta a mano. Probabilmente fu lo sbirciare la trasparenza del tessuto grazie alla luce che filtrava a ricordargli il medesimo gesto familiare compiuto con le buste di carta. Greta era così giovane, fresca, trasandata, diversa da tutti gli altri abitanti del villaggio. Era una storia non scritta. Un foglio dove compare un accenno di intestazione.

Il giovedì adesso Rodolfo si dedicava alla cura della sua persona. Si presentava al magazzino delle poste profumato, sbarbato, sorridente. Gli venivano consegnate delle pesantissime borse e lui ringraziava più volte, nell'indifferenza generale dei colleghi. Saliva sul minivan, controllava il proprio aspetto nel riflesso dello specchietto retrovisore, si piegava il più possibile per riuscire a mettersi alla guida e, come un tonno intero in una scatola per pezzi di sardine, si avviava verso la sgangherata strada che portava al villaggio. Conosceva le buche a memoria. Le pozzanghere che si formavano dopo ogni pioggia avevano un punto esatto dove passare con le ruote per creare un'onda stile tsunami che lo faceva ridere. Rodolfo era la semplicità fatta persona e nessuno si sarebbe mai dovuto approfittare di lui.

– Cosa vuole che faccia?

– Portalo con te.

– Ma non è un pacchetto. Manca la bolla di accompagnamento. Manca un indirizzo.

– Senti, ti fai troppe paranoie. Voglio solo che lo porti lontano da qua...

– Non capisco, dove?

– Hai mai visto quel film? "Il favoloso mondo di Amélie"?

– Non credo...

– Ma come no? È un film famosissimo.

– A me piacciono i film d'azione. È un film d'azione?

– No, è un film francese d'amore.

– Ah. È bello?

– Boh, no. È sdolcinato. La protagonista vive nel suo mondo e fa cose strane in giro per Parigi. Sinceramente, io la prenderei a sberle. Vuole essere diversa e speciale. Col caschetto e la frangetta poi. Non la sopporto io la frangetta.

– Ma... lei ha la frangetta signorina Greta.

– Per comodità! Altrimenti i capelli mi finiscono negli occhi.

– Ah, ok. Quindi devo guardare il film?

– No, tu fai quello che vuoi. Dicevo che nel film c'è Amélie che spedisce lo gnomo del padre in giro per il mondo. A me sembra un'idea carina, ecco. Vorrei tu portassi con te questo gnomo e lo spedissi. Ovunque ti pare.

– Ma manca la bolla.

– Ho capito che manca la bolla!

– E l'indirizzo del destinatario.

– Manca anche il destinatario, certo!

– Signorina Greta, non si arrabbi con me. Sto solo facendo il mio lavoro.

– E io voglio solo liberarmi di questo gnomo!

– Non alzi la voce, per favore.

– Hai ragione. Scusami Rodolfo. Facciamo così, tu adesso prendi questo gnomo, che metterò in un sacchetto… ecco, vedi? È in un sacchetto adesso. Fai finta che questo sacchetto ora sia un pacchetto. Un bel pacchetto, e siccome ora è un pacchetto tu lo porti via con te. Lontano dal villaggio. Poi, quando arrivi in un altro paese…

– In quale paese?

– Non importa quale! Qualunque altro posto lontano da qua!

– Le prossime consegne le ho a nove chilometri, è lontano abbastanza?

– È perfetto Rodolfo! Nove chilometri! Proprio come faceva Amélie!

– Eh, ma ancora non l'ho visto quel film, signorina Greta.

– Non importa più! Prendi questo sacchetto e portalo con te.

– Ma mancano la bolla d'accompagnamento e il destinatario, e bisogna pagare le spese di spedizione…

– Rodolfo! Io ci sto davvero provando con tutta me stessa a non prenderti a sberle.

– Mi fa paura, signorina Greta.

– Smettila di chiamarmi signorina!!! Prendi questo dannato gnomo e vattene!!!

– Non urli per favore!

– Tu vuoi farmi urlare!!!

– Non posso prendere questo "pacchetto", manca tutto signorina. Deve recarsi presso l'ufficio postale più vicino e lì troverà i documenti necessari per la spedizione. Una volta compilati poi io posso ritirarlo e...

Non fece in tempo a finire il discorso che Greta afferrò lo gnomo come un'arma contundente e con ampi gesti stizziti percosse la testa del malcapitato postino per sfogare la frustrazione accumulata. Rodolfo non si oppose, era un bravo ragazzone dalle dimensioni taurine e le smunte braccia della cameriera gli procuravano appena il solletico.

Lo gnomo invece, quello iniziava a infastidirlo. Al terzo colpo preciso in testa si sbracciò per disperdere l'attacco, cogliendo Greta di sorpresa, che mai si sarebbe aspettata una rivolta da parte della sua vittima. Il sacco contenente lo gnomo fece un paio di giri in aria prima di cadere sull'asfalto. Il suono della ceramica che si spaccava in numerose parti rimbombò nell'aria. Greta cristallizzò lo sguardo verso il punto dell'impatto e nel panico più totale sussurrò verso il povero postino malconcio: – Cosa. Hai. Fatto.

– Mi stava facendo male, signorina Greta.

– Tu... tu dovevi stare fermo.

– Mi faceva male la testa.

– Te lo meritavi! Guarda cosa hai fatto…

– Ma io non c'entro…

– Quello gnomo non è mio. Louis mi ammazza. Mi ammazza sul serio. Ammazzerà tutta la mia famiglia. Darà fuoco al locale.

– Il signor Cylfer? Ho sentito che sta già meglio, il medico gli ha detto che può uscire di casa!

– Sapevi tutto questo?

– Certo! Sono il postino, con me la gente parla.

– E sta andando verso la riunione straordinaria?

– Credo di sì, non lo so, l'ho solo visto salutare il medico mentre stava in piedi nel suo giardino. Aveva una faccia!

– Sono fregata.

Senza più degnare Rodolfo di uno sguardo, raggiunse il sacco che giaceva al suolo. Sollevandolo si rese conto della quantità di cocci in cui lo gnomo era stato ridotto. Qualcosa però non le tornava. Tastando con le mani, notò la presenza di una sostanza morbida, farinosa, che si intrufolava tra gli spigoli di ceramica spaccata. Guardò dentro al sacchetto. Era come, sabbia, ma più fine. Meno dorata. Più chiara. Quasi cinerea.

– E questo? Cos'è questo? – chiese mostrando il contenuto al postino.

– Mmm. Sembra quello che resta dopo che fai il fuoco e bruci la legna – rispose Rodolfo sbirciando dentro il sacco.

– Vero?

– Sì sì. Ho fatto il boy scout io! Mi piaceva sempre spegnere il fuoco. Ci mettevamo tutti attorno, noi ragazzi, e poi…

– Taci. Stai zitto.

Rodolfo si congedò dall'ostica cameriera e salì sul minivan scomparendo verso la fine del villaggio. Non gli era chiaro cosa fosse successo, ma l'aver passato qualche minuto da solo con Greta lo aveva reso felice. Era convinto che il loro rapporto fosse ormai solido. Del resto, tutte le coppie litigano. Fa parte del gioco dell'amore.

Ogni sussulto del minivan sulla strada gli faceva cambiare espressione del viso, come una radio che cambia stazione in una crisi di identità. Non era un ragazzo molto intelligente e processare le informazioni gli causava emicrania, così decise di godersi il momento e superficialmente affrontare tutte le emozioni provate in un solo viaggio, alternando sorrisi a bronci preoccupati, smorfie severe a tenere distensioni di ogni nervo.

Greta infilò le dita nel sacco e prese un po' di cenere premendola.

– Non ci conosciamo, ma io credo di sapere chi è lei. So tutto di quello che le è successo e devo dire, la sua è stata una morte davvero spettacolare. I miei complimenti! Sono felice di conoscerla finalmente… signora Magda, vero?

CAPITOLO 11

La vestizione di Ernesto Villa richiedeva una cura maniacale. Egli era un tipo molto preciso che conosceva esattamente ogni millimetro di ogni capo di vestiario contenuto in ogni armadio. La moglie Ada era l'unica persona altrettanto ossessionata da tale precisione e che sapeva come farlo apparire meno mummificato di quello che in realtà era. Per riuscire a sollevarlo dal letto era stato necessario costruire un complesso sistema di corde e tiranti, azionato da leve. Raggiunta la posizione eretta diventava poi possibile trasportarlo. Per fargli raggiungere la stanza da bagno si sfruttava un'ingegnosa struttura trainata da carrucole, alcune spugne umide erano disposte durante il percorso ed era così possibile lavarlo senza rischiare di sgualcirne la pelle sottile. Bloccare i capelli simili a sbuffi di tele di ragno e l'intraprendenza dei peli in faccia e di quelli che esplodevano dalle orecchie era un'operazione certosina, ma tutto veniva affrontato dalla moglie con arrendevole dedizione, talento che l'aveva resa impeccabile durante il quasi secolo di matrimonio.

Una volta pronto e indossate le scarpe, Ernesto Villa poteva lasciare "Villa Ernesto" e recarsi verso l'unico altro luogo da lui frequentato: la sala della tombola.

La sua abitazione era la meno distante ma, data la famosa lentezza, il tragitto che per una qualunque altra persona sarebbe durato un paio di minuti, diventava prossimo alle due ore totali per essere compiuto. Ore liete per la coppia di coniugi, che le passava salutando gli altri abitanti sollevando leggermente la mano.

Capitava talvolta che delle tortore scambiassero Ernesto Villa per un cespuglio rinsecchito e cercassero di nidificare nello spazio privo di capelli in mezzo al cranio. La moglie allora lo fermava, agitava le mani sempre nascoste da guanti di seta rosa e diceva "Sciò, sciò!". Alcune tortore le davano ascolto. Altre espellevano uova che andavano a depositarsi nella sciarpa del signor Villa e che sarebbero state consumate l'indomani a colazione.

Ernesto estrasse le chiavi, le infilò nella apposita serratura, spinse con inumana fatica la ben oliata e scorrevole porta della sala della tombola e vide il signor Louis Cylfer già seduto e con le braccia intrecciate al posto d'onore: il tavolo rialzato in mezzo alla sala.

Nessuno disse niente e in poco più di mezz'ora tutti gli altri abitanti occuparono ogni sedia a disposizione, il tempo necessario a Ernesto Villa e la moglie Ada per raggiungere (in ritardo) le loro sedie.

– Riunione straordinaria numero… due. Indetta da… Louis Cylfer, tramite…

– Uso di campana. – si affrettò a dire Louis.

– Uso di campana! Anche qualche settimana addietro aveva indetto una riunione straordinaria, nevvero signor Cylfer?

– Dieci anni fa. Sono passati dieci anni.

– Dieci anni? – chiese conferma Ernesto Villa rivolgendosi alla moglie Ada che si era già assopita, rivolgendosi poi a Renata Zanotti, cogliendola impreparata – Guardi in quel suo calcolatore, la prego.

Renata Zanotti digitò il più velocemente possibile alla spasmodica ricerca di una risposta, ma dopo pochi istanti si dichiarò sconfitta.

– Non posso saperlo, signor Villa, ho acquistato il computer appena nove anni fa e solo allora ci siamo messi a trascrivere digitalmente le riunioni. Forse trovo qualche riferimento nei vecchi documenti scritti a mano, ma mi deve dare una mezza giornata di tempo per andare a controllare in archivio. Però non ho prenotato, accidenti, ma se vuole vado subito! Devo solo fissare un appuntamento con la famiglia Burberi... dovrebbero essere in sala...

– Signor Cylfer – disse Ernesto Villa ruotando il collo con un bradipesco movimento – vuole rimandare, così da effettuare il controllo necessario per confermare sia stato lei a indire l'ultima riunione straordinaria?

– Non è necessario. Lo ricordano tutti.

La sala confermò con un cenno del capo sincronizzato.

– Allora procediamo. Ordine del giorno?

– A lei, signor Villa – Renata Zanotti depositò con orgoglio il quaderno scritto a mano sotto lo sguardo astigmatico del presidente.

– Ordine del giorno: la scomparsa di Capitan... c'è scritto davvero chiappa? È un errore, signora Zanotti?

– No! Confermo. C'è scritto davvero "Chiappa".

– Si tratta di una burla, signor Cylfer?

– Per niente!!! La smetta di tergiversare! Capitan Chiappa è sparito e io voglio sapere chi me l'ha preso!!!

Era bastato un attimo per far riemergere il lato burrascoso di Louis, che fino a quel momento aveva cercato di restare calmo onde evitare un ennesimo collasso.

– Non capisco, cosa sarebbe un "Capitan Chiappa", signor Cylfer?

– È uno dei miei gnomi! Quello che voi tutti guardate, con i vostri occhi giudicanti. Quello che disprezzate! Che vi faceva sussurrare nelle vostre orecchie chissà quali calunnie! Parlate ancora di me, vero? Ancora raccontate quello che è successo dieci anni fa? Ancora non mi lasciate in pace? Io vi vedo. Vi osservo. Rallentate sempre davanti a casa mia. Controllate cosa sto facendo. Spioni! Pettegoli! Avete preso voi Capitan Chiappa. Lui era mio. Il mio tutto. Lui era lei!

Louis non riuscì più a trattenere l'ira e fu costretto a sedersi. Renata Zanotti gli porse un fazzoletto in stoffa con cui tamponare i sudori.

– Io voglio solo sapere che fine ha fatto. Giuro che non faccio nulla a nessuno. Ridatemelo, per favore.

– Adesso interroghiamo l'intero consiglio allargato, si calmi signor Cylfer, lasci fare a me.

Ernesto Villa entrò nella parte del profondo comunicatore convincente. Guardò la sala, che cessò ogni tipo di vociferare, dedicandogli completa attenzione. La sua voce risuonò nell'ambiente come un organo da chiesa suonato per onorare un defunto dal passato glorioso.

– Qualcuno tra voi, si è reso colpevole del furto, o del rapimento, del qui citato "Capitan Chiappa", gnomo di dimensioni maggiori, realizzato in ceramica, dipinto a mano, intento nell'atto di mostrare due rosee natiche ai passanti?

Nessuno disse niente.

– Se qualcuno è a conoscenza di dettagli, parli ora!

La sala rabbrividì, sentendosi costretta a intervenire.

– Io...

– Signor Tabor, prego, dica – lo esortò suadente Ernesto Villa con la speranza di risolvere velocemente la questione.

– Ero in giardino. Era sera. Stavamo bevendo un cocktail all'ananas io e mia moglie. Avevo corretto il suo con qualche goccia di gin, mentre il mio lo avevo lasciato vergine per assaporare meglio l'ananas. Il mio giardino non dista troppo da quello del signor Cylfer. Non ho capito cosa fosse, ma ricordo un'ombra muoversi nella notte, allontanarsi velocemente. Troppo veloce per essere uno di noi. Doveva essere qualcosa di più snello, più agile. Una volpe, credo!

– Ha visto una volpe correre via con uno gnomo da giardino?

– No, non so, forse. Forse sì. Non so cosa ho visto. Era notte e non vedo più bene come una volta. Però era qualcosa di dimensioni ridotte e dal pelo chiaro.

– Altri vicini confermano di aver visto una volpe dal manto chiaro rapire un "Capitan Chiappa"?

– Io in realtà ho visto una sagoma umana. Incappucciata in una veste nera, da cui usciva solo un ciuffo di capelli biondo. Correva verso la piazza centrale. Sembrava un folletto.

– Lei dice di aver visto un folletto correre con in braccio uno gnomo?

– Forse era un nano! – urlò qualcuno dal fondo della sala

– Magari era una fatina!!!

– Io ho visto un elfo!

– Io ho visto lo gnomo correre da solo, ma continuava a inciampare nei pantaloni calati!

Le risate generali scoppiarono. Ernesto Villa aggiustò il tono di voce e ordinò granitico: – Silenzio!

L'intera sala tornò in un istante sotto il suo controllo.

– Lo vede signor Villa, mi prendono in giro tutti. È una cospirazione! Sono tutti contro di me. Contro i miei gnomi. Non ho mai fatto del male a nessuno. Io ho perso tutto quello che avevo. Mia moglie, da quando il tir…

– Ah, corretto! Invero l'ultima riunione fu per la rimozione del tir, ora rimembro.

– Signor Villa! Mi aiuti! Devo ritrovare il mio gnomo.

– Avete sentito. Vi prego un'ultima volta. Chi ha trafugato lo gnomo del qui piangente signor Cylfer?

Una mano sconosciuta alla maggior parte dei presenti fece un timido capolino dal fondo più nascosto della sala.

– Prego, signorina, parli pure – invitò il presidente mettendo a fuoco gli occhiali da vista.

– Salve a tutti. Sono Veronique. Alcuni di voi mi conoscono, ci vediamo la sera al ristorante. Sono la vostra capo sala. Vi accolgo quando entrate. Vi ricordate di me?

Iniziò a cercare lo sguardo di ogni persona che fosse entrata al ristorante in quei pochi mesi di apertura come conferma della propria esistenza.

– Rimembrano la sua persona. Prego. Vada avanti.

– Certo. Dicevo. Io non ho visto nessuno rubare o rapire lo gnomo…

– Oibò! Allora perché alzare la mano?

– Aspetti! Non ho visto il ladro, però ho visto uno gnomo…

Lo sguardò di Louis brillò di una luce fatta di speranza.

– E come era fatto? Lo descriva! – chiese Louis con rinnovato vigore, sospendendo le lacrime e i sudori freddi.

– Beh, era come lo avete descritto. In ceramica, sembrava. Ricordo lo sguardo beffardo sul volto, come a sfidarmi, e naturalmente ricordo il fondoschiena esposto.

– Erano due natiche di un bel rosa allegro?

– Sì, erano due graziose natiche sferiche, rosa, tonde come mele mature.

– È lui!!! È Capitan Chiappa!

– Conferma la corrispondenza nella descrizione, signor Cylfer?

– Certo! Solo lui ha quel sedere tanto memorabile!!!

– E dove ricorda di averlo avvistato, signorina Veronique?

– Stamattina, sul presto. Dopo essere uscita di casa. In un cespuglio, nascosto poco distante. Aveva la punta del cappello che faceva capolino. Mi sono avvicinata per guardare cosa fosse. Pensavo fosse qualcosa che era stato smarrito da uno dei nostri avventori, succede spesso. Vengono a bere, alzano troppo il gomito e perdono di tutto nei cespugli. Io vivo sopra al ristorante, sa. Non so se mi riconosce, lavoro lì con la mia famiglia. C'è mio cognato Tobias che fa il cuoco, mia sorella Danielle, mia nipote Greta…

– La dannata insolente!!! È stata lei!!! Ma certo! Era ovvio!

– Signor Cylfer, si calmi! – disse Renata Zanotti – il medico le ha vietato categoricamente di urlare e di agitarsi! Lei ha rischiato un infarto ieri!

– Si sieda, le dia retta, alla sua età basta un nonnulla e può accader l'irreparabile – aggiunse con spocchia Ernesto Villa.

– Ma se sono almeno trent'anni più giovane di lei! Signor Villa!

– Oibò, non è questione di età, bensì di costituzione. Non vede come sono calmo, io. È questo il mio segreto. La calma.

– Io non la sopporto. Non sopporto più nessuno qua dentro! Siete tutti delle vipere. Da quando vi implorai di fare qualcosa per il guardrail! Da allora mi ignorate e cercate di sabotare la mia vita! È colpa vostra se Magda non è più tra noi! Voi, voi l'avete uccisa!!!

La sala si agitò. Alcuni si difesero scacciando le accuse con boati di disapprovazione. Nessuno voleva sentire quelle parole, perché il senso di colpa non li aveva mai lasciati. Sapevano di essere stati complici del compiersi di un'assurda casualità ma non volevano farselo sbattere in faccia. Non dopo dieci anni. Erano più propensi a covarlo dentro, di nascosto, portandolo come un peso profondo ogni giorno.

– Volevate la palla di elastici più grande della regione! Volevate i turisti! Quanti soldi avete fatto con quella palla? Vi ci siete riempiti le tasche?

– A quanto ammonta l'incasso annuo derivante dai visitatori della palla di elastici? – chiese Ernesto Villa a Renata Zanotti.

– Visitatori paganti da inizio anno presso l'attrazione palla di elastici più grande della regione. Ammontare totale: nessuno. Zero.

– Come sarebbe a dire nessuno?

– Nessuno è venuto quest'anno.

– Ma siamo oramai giunti a ottobre.

– Non è stato un anno molto fruttuoso per il turismo.

– Decisamente no.

– Forse la palla di elastici non è grande a sufficienza.

– Raggiunge quasi i sessantaquattro centimetri!

– Invero potremmo aumentarne le dimensioni, magari procurandoci altri elastici.

– Non credo risolverebbe la situazione, signor Villa...

– Che notizia sconfortante.

– Si tiri su, la rallegrerà sapere che ieri ho avuto modo di assaggiare le pannocchie e sono ottime e zuccherine...

– Ah davvero? Dica, dica!

– Dico! Il medico ne ha portate alcune per altri residenti e me ne sono fatta lasciare una, così, per provare. L'ho bollita in acqua e sale e l'ho sgranocchiata davanti al computer.

– Acqua e sale. Bollita. Semplice ma ottimo.

– Meglio la semplicità!

– Smettetela di cambiare argomento!!! – detonò Louis gettando in aria il quaderno scritto a mano.

Durante quei pochi secondi di volo, il contenuto fu rivelato ai presenti in sala. In molti notarono la bellezza della calligrafia di Renata Zanotti. Una persona in particolare ne fu estasiata. Mai aveva visto tanta grazia. Ma questa persona era anche l'unica la cui presenza non era autorizzata. Si trattava di Rodolfo il postino, che aveva deciso di tornare indietro per aiutare Greta e aveva preso libero il resto della giornata per accompagnarla alla riunione straordinaria.

Greta faceva capolino da dietro di lui. Stringeva tra le braccia il sacco contenente i resti di Capitan Chiappa, mescolati alle polveri di Magda.

– Cos'hai fatto, dannata insolente!

– Mi scusi signor Louis. Io… volevo solo farle un dispetto.

– Dove lo hai nascosto?

– Io non sapevo… non avevo idea.

– Dove lo hai nascosto!!!

– È qui! Qui. Non si preoccupi! È tutto qua dentro.

Allungò le braccia, porgendo il sacco. Louis l'afferrò sentendo il tintinnio dei cocci.

– Come. Ma cosa… È tutto rotto.

– Mi spiace immensamente signor Louis…

– È tutto rotto!

– Non ho perso neanche un grammo però! Ne ho avuto cura. Ogni granello di Magda è ancora dentro.

Lo stupore fu generale. Tutti avevano sentito. Tutti volevano guardare nel sacchetto.

– Magda! Tesoro mio! Cosa ti hanno fatto! A pezzi ti hanno fatto! Quanti affronti ancora dovrai subire. Quanto odio. Solo per quella tua vasca piena di rane che voi, sì, voi, dico a voi, che avete sempre disprezzato. Voi l'avete punita. Voi l'avete ammazzata! Volete guardarla un'ultima volta? Volete chiedere scusa? Siete pronti adesso dopo dieci anni! Assassini!

Louis infilò una mano nel sacco e prese un pizzico di Magda. Lo sollevò davanti alla faccia e soffiò con quanto fiato (molto poco oramai) aveva in corpo. Una nuvoletta biancastra di modeste dimensioni prese forma.

– Siete stati voi a fare questo! Chiedete scusa!

Ci furono urla di disgusto. Le persone in sala presero a scappare, tutte alle proprie decrepite velocità.

– Andate via! Fuggite! Dovete fare i conti con quello che avete fatto e oggi è il giorno! Quel giorno è arrivato!!!

Lo scompiglio generale era oramai senza controllo. Ada Villa riemerse dal sonno ritrovandosi immersa in una nuvoletta che una volta era stata Magda e disse "Sciò, sciò!" con lo stesso tono riservato alle tortore.

– Calma! Piano! – sbottò Ernesto Villa, in quella che fu la prima volta in cui la sua voce tonante parve non essere ascoltata. – Calmatevi vi dico!

– No! Non calmatevi! Ragazza mia, a te piace risolvere misteri, vero? Le storie dietro le famiglie? I segreti.

– Signor Cylfer, mi dispiace, io sono desolata…

– Beh, c'è una cosa che forse non sai, perché sei arrivata da poco. Una cosa che sanno tutti. Ma di cui nessuno parla mai. La vuoi sapere, dannata insolente curiosa?

– Non voglio più sapere niente! Voglio solo andare a casa… – Greta era esausta.

– Invece resti qua, è ora che io lo dica davanti a tutti! Fermatevi!

Con uno sforzo sovrumano, in un gesto che neanche Louis credeva di essere più in grado di compiere, salì in piedi sul tavolo.

– Devo dirlo a voce alta! È ora! Greta. Guardali. Guarda tutti gli abitanti del villaggio. Li vedi quanti anni hanno? Hai un'idea? Sai cosa accomuna tutti loro e cosa rende me e mia moglie diversi?

– Non proferisca parola, signor Cylfer – disse Ernesto Villa, piombato in un panico che non si addiceva per niente alla sua proverbiale calma.

– Invece proferisco quel che mi pare, signor Villa. Greta, secondo te quanti abitanti sono morti in questo villaggio da quando è stato fondato?

– Non posso saperlo. Siamo appena arrivati... – i singhiozzi di Greta le rendevano difficile parlare.

– Prova a dire un numero...

– Non saprei. Siete tutti così...

– Così cosa?

– Così... più di là che di qua, diciamo...

– Esatto. Ma prova a dire un numero.

– Taccia! Signor Cylfer! – i capelli e i baffi filamentosi di Ernesto Villa galleggiavano a mezz'aria andando contro la forza di gravità.

– Te lo dico io, Greta. Una sola persona.

– Ma come...

– Una sola persona è morta da quando questo villaggio è stato creato. Ed è qua. Tra le mie mani. In questo sacco.

Tutti smisero di scappare. Oramai erano stati scoperti.

– Solo Magda è morta. In quarant'anni di villaggio "Oasi del tempo".

CAPITOLO 12

Era rimasto oramai ben poco tra le fronde del maestoso platano che regnava sulla piazza del villaggio. Tutto quello che l'aveva colorato nelle ultime settimane autunnali giaceva al suolo. Solitamente era compito della locale ditta "Alberi & Strade & Altro" prendersene cura. La coppia di fratelli arrivava armata di rastrelli e sacchetti, scala e seghetto e controllava lo stato di salute del gigantesco albero. Tagliava quello che c'era da tagliare, aggiustava, accorciava, raccoglieva e portava al macero tutto quello che poteva macerare. Le foglie luccicavano offrendo un'ampia gradazione di colori dall'ambra al caramello. Non degeneravano mai nel marrone, colore che il platano stesso riteneva volgare. "A&S&A" agiva indisturbata e in poche ore di lavoro tutto era messo in sicurezza.

Le porte della sala per la tombola si aprirono rilasciando una fiumana di anziani esausti. Il rumore dei loro passi arrancanti contenuti nelle pantofole da casa scricchiolava rompendo la desolazione di foglie rimasta in terra. I fratelli "A&S&A" erano appesi sull'albero e come scimmie osservarono l'insolita migrazione. Nessuno parve badare ai segnali di pericolo che erano stati messi vicino alle scale. Parecchi rami rimasero incastrati nei pantaloni a vita alta, ma la lenta processione non voleva arrestarsi. Tutti desideravano tornare a casa il più velocemente possibile (il che era sempre relativo data la loro natura pressoché immobile), quella riunione straordinaria era stata più stancante di ciò che umanamente riuscivano a sopportare.

Nonostante il sole fosse ancora alto in cielo e il pranzo un impegno concluso da poco, tutti volevano rifugiarsi sotto le coperte e dimenticare l'accaduto.

In molti borbottavano dicendo che avrebbero desiderato avere a disposizione più tempo per assaggiare la tanto amata insalata russa. "Tutto quel trambusto mi ha distratto." "Tutto quel discutere. Urlare. Non trovavo i piattini di carta e non sapevo a chi chiedere!" "Una delle riunioni straordinarie migliori mai viste! Hanno divorato la nostra torta! Siamo così felici! Finalmente ci hanno accettato!" La famiglia Strano era l'unica a camminare con il sorriso pieno e la tortiera vuota. In molti avevano deciso di dare una possibilità alla loro torta in quanto unico cibo che si poteva mangiare senza i piattini in carta. Nessuno sapeva che fine avessero fatto e tutti erano distratti dalle urla del signor Cylfer e del signor Villa per dedicarsi alla loro ricerca.

Non appena giunta a casa, Barbara Strano estrasse dalla propria borsa una confezione intonsa di piattini in carta e la nascose nel mobiletto sotto al lavello.

Ernesto e Ada furono gli ultimi a lasciare la sala sempre a causa delle proprie incapacità motorie. Greta e Rodolfo i primi. Greta implorò di essere portata lontano e Rodolfo fu ben lieto di farle spazio tra i pacchi non consegnati e accontentarla. Per tutto il tragitto lei cercò di schiacciare il minor numero possibile di consegne non avvenute, ma la strada malmessa aveva deciso da sola quali pacchi sacrificare. Rodolfo si voltò più volte alla ricerca di un ordine da eseguire. Allontanarsi dal villaggio era facile, ma la direzione da prendere richiedeva spirito di iniziativa, elemento completamente mancante nel cuore di Rodolfo. Cercava uno sguardo di approvazione da parte di Greta che invece stava sempre più sprofondando tra le scatole di cartone e sotto il peso delle notizie ricevute. Il postino ebbe un lampo di genio (parola grossa se associata al semplice Rodolfo) e decise che era ora di assumere il controllo della situazione.

– So dove portarla!

Da Greta nessuna risposta arrivò.

– Al lago! Andiamo al lago!

Greta rinvenne per un istante, guardando Rodolfo con occhi minuscoli e corrucciati.

– C'è un lago?

– Dall'altra parte dell'autostrada. Non è grandissimo. Ci sono un paio di barchette, un pontile e in estate ci si fa il bagno. Nessuno dei vecchietti ci va, perché devi fare un giro un po' lungo per raggiungerlo, ma io mi ci fermo spesso quando torno dalle consegne. La porto alla panchina in riva al lago!

– Come vuoi…

Quello che per molte persone sveglie sarebbe stato interpretato come un passivo segnale espresso per terminare un discorso di cui non interessava l'esito, per Rodolfo fu il riconoscimento del lavoro svolto, una medaglia al valore all'iniziativa. Aveva mostrato a Greta di avere idee. Ma Greta aveva altro a cui pensare.

Anche se ora si sentiva protetta, scomodamente mescolata nel carico del minivan, almeno aveva una destinazione da raggiungere, lontano da tutto.

Louis era in cucina e si stava complimentando con sé stesso per aver messo in ordine il giorno prima. Trovare i cucchiai non era più un problema. Il sacco era aperto sul tavolo e lui, cucchiaiata dopo cucchiaiata, stava traslocando Magda in un contenitore nuovo: un vaso da conserva con tappo decorato a chiudere ogni eventuale fuoriuscita della defunta moglie.

– Sono stato davvero bravo. Anni e anni a litigare e invece guarda come sono utili i cucchiai. Da adesso in poi vi userò sempre! Siete degli ottimi alleati. Non che io voglia spostarti ancora. Magari un'altra volta. Non appena troviamo una nuova casa. Dove vorresti essere riposta? Al supermercato sono arrivati dei fenicotteri rosa in plastica. La plastica non mi piace, ma il colore è così acceso che sicuro facciamo scalpore tra i vicini. Ti guarderebbero tutti! Che dici?

Essersi sfogato lo aveva reso mansueto. Si era tolto un peso che lo opprimeva da troppo tempo e lo aveva fatto nella maniera più plateale possibile. Lamentandosi davanti a tutti. Sputando ogni goccia del suo rancore verso gli altri abitanti e parecchi schizzi di saliva verso l'insalata russa, altro motivo per cui in molti decisero di optare per la torta degli Strano.

Louis era sereno, come un vulcano circondato dalla desolazione creata dalla lava appena eruttata.

Fischiettava il motivetto di una canzone di cui ricordava a malapena le note mentre faceva per la prima volta in vita sua cernita tra le scarpe. Aveva un ghigno compiaciuto quando le salutava scomparire all'interno di un sacco di plastica nero.

Magda osservava ciò che stava accadendo dall'alto della sua nuova dimora: una mensola solitaria nel mezzo del salotto. Non fosse morta (condizione che non poteva cambiare), sarebbe stata molto orgogliosa di suo marito in questo momento. L'aveva difesa davanti a tutti, aveva pulito casa e stava persino buttando via le scarpe gettate nel corridoio. Il tappo del vaso da conserva emise un click di aggiustamento, reazione più che normale data la forza con cui era stato avvitato, ma che Louis fu ben felice di leggere come un segnale dall'aldilà. Si voltò verso l'urna provvisoria, caricò il sacco nero sulla spalla, salutò la moglie e uscì di casa.

Gli uomini possono cambiare e spesso, quando lo fanno, la quasi totalità volge verso il peggio. Raramente qualcuno risolve i propri problemi e diventa una nuova versione di sé. È più facile crogiolarsi nei malumori e gongolarsi in una condizione di stabile infelicità, tenue e invariabile sofferenza. Tutto il villaggio viveva in questa condizione e ora stava cercando di dimenticarsene andando a letto simultaneamente prima del tramonto. Tranne Louis.

Louis aveva preso una piccola pausa dalla routine. Non era per nulla cambiato ma, liberandosi dei suoi averi più cari (la collezione di scarpe), per una porzione di tempo più che considerevole era divenuto la versione migliore di sé. Peccato che ciò avvenne mentre tutti dormivano o erano in altri luoghi o giacevano stipati sotto forma di cenere su mensole.

– Se è fortunata poi, da là dietro, dal cespuglio…

– È un canneto e sforzati a darmi del tu.

– Okay. Dicevo, se sei fortunata poi, da quel canneto esce una famiglia di anatre, hanno pure i pulcini, sono così piccoli, non credevo che i pulcini potessero essere tanto piccoli, ma questi sembrano dei nugget, ma piccoli, prima di diventare nugget…

– Dei pulcini, appunto.

– Esatto! Proprio dei pulcini!

– Ma tu davvero in mille anni di lavoro non ti sei mai accorto di nulla?

– Di cosa?

– Mille anni che consegni lettere a un villaggio di anziani, mai una volta una lettera di condoglianze? Mai un funerale?

– Un funerale c'è stato! Quello della signora Magda!

– A parte quel funerale.

– Ah, ok. No, beh… allora non mi sembra, in effetti.

– Consegni lettere e pacchi agli stessi anziani moribondi e non ti sei mai chiesto come mai nessuno di loro morisse.

– Non sta bene augurare la morte!

– Non ho detto augurare la morte, però almeno diventare sospettoso.

– Ho sempre pensato fosse l'aria sana…
– C'è un'autostrada a poche centinaia di metri.
– Allora il cibo sano…
– Noi al ristorante ordiniamo le peggio verdure e carni, quanto di più economico si può trovare dai rivenditori locali, quindi non dare la colpa a noi se nessuno muore.
– Magari è l'acqua!
Greta si alzò dalla panchina, tolse le scarpe e, camminando tra le mille schegge del pontile, si sedette con i piedi a penzoloni lasciando che le punte si bagnassero leggermente con l'acqua lacustre.
– Questo lago puzza.
– È odore di lago.
– Allora tutti i laghi puzzano. Puzzano quanto gli abitanti di quel villaggio.
Rodolfo seguì l'esempio di Greta e si tolse le scarpe, le sue gambe tuttavia erano molto più lunghe e finì per immergere gran parte dei polpacci.
– Adesso metà delle mie gambe puzzerà di lago.
– A parte te che consegni le lettere, chi altro di esterno al villaggio ha accesso regolare?
– Beh, i fornitori.
– No, quelli li incontriamo fuori, non arrivano fino in paese per via della strada scassata
– Il calzolaio? La sarta?
– Loro vivono insieme in una casetta poco distante, mi pare…
– Sì, porto anche a loro le lettere. Beh, resta solo il medico credo.

– Il medico?

– Sì! Vive laggiù!

Si alzò in piedi gocciolando liquami stagnanti su tutto il pontile, lasciando una scia verso la panchina.

– La casa in cima alla collinetta, quella circondata dal mais!

Greta si arrampicò a sua volta sulla panchina cercando il punto indicato da Rodolfo.

Poco distante dal villaggio, dove il bosco era più rado, una casa bianca di modeste dimensioni si ergeva sulla punta di una collina, tutto attorno pannocchie a non finire.

– Sembra un capezzolo. La casa – disse impudica Greta.

– In effetti.

– E i cerchi del grano un'areola.

– Ecco.

– E la collina un seno grazioso.

– Ok...

Rodolfo deglutì a fatica l'immagine che Greta gli aveva appena suggerito e con estremo sforzo si impedì di guardare verso di lei. Non voleva farle comprendere lo stato di eccitazione in cui era stata capace di gettarlo solo nominando la parola seno.

– Tu lo vai a trovare spesso il medico?

– Ogni volta che arriva qualcosa.

– Riceve molte lettere?

– Quasi mai.

– Ti ha mai visitato?

– Certo che no! Io ho una salute di ferro! Poi sono giovane e sto in città. Se sto male vado dal mio, di medico.

– E si prende cura di tutti gli abitanti del villaggio?

– Non solo! Anche di tutti gli animali della zona. Non appena qualcosa sta male la portano subito da lei.

– Ah. È una donna?

– Non ne sono completamente sicuro. La chiamano il medico. Il dottore. Però a me sembra una donna.

– Che nome c'è scritto sulle lettere?

– Dott. Angela Trianime.

– Benissimo. Credo sia arrivato il momento di prendere un bel raffreddore e di andare a trovare il medico.

Così dicendo, Greta sgusciò fuori dai vestiti e si tuffò nel lago che, nonostante il tardivo autunno, ancora risultava mite e rinfrescante. Ogni bracciata era una battaglia contro le alghe che avevano il sopravvento. Gli insulti proliferavano. Parole pesanti volarono verso ogni elemento naturale presente in quel lago. Neppure la famiglia di anatre, pulcini annessi, ne fu esente, tanto da costringere i pennuti genitori a evitare di portare i piccoli fuori per la consueta sguazzata serale. Rodolfo stentava a credere a quello che aveva appena visto. Il corpo nudo di Greta era stata un'apparizione celestiale. Riusciva a malapena a nascondere l'erezione. Per rispetto si voltò altrove, ma ogni ingiuria urlata non faceva altro che farlo sentire ancora più coinvolto. "Fai schifo!" detto a un'alga, lui la prendeva sul personale e ne godeva. "Mi fai vomitare!" detto all'odore del lago, gli faceva chiedere scusa, promettendo che la prossima volta si sarebbe lavato meglio. "Cosa aspetti scemo, togliti i vestiti e vieni qua!"... No, questo non era un insulto, ma un invito che Rodolfo non fu in grado di cogliere, occupato come era a reprimere ogni istinto.

– Ehi – disse Greta riemersa dal lago, afferrandolo per il braccio – Ho detto che ti devi togliere i vestiti e venire a nuotare con me.

Rodolfo fu colto impreparato ed entrò nel panico più totale, balbettando una risposta.

– Non posso signorina Greta, non riesco a... nascondere.

Greta gli afferrò la testa, alzandosi sulle punte, riversando l'olezzo del lago in gocce sulla sua uniforme da postino e lo baciò.

– Va bene. Va tutto bene, non ti devi preoccupare. Dai, vieni con me.

Rodolfo eiaculò nella sua uniforme ufficiale in quello che lui avrebbe poi definito come la prima volta in cui fecero l'amore. Quella nel lago poco dopo, mentre nuotavano, fu definita la seconda volta.

A causa dello spettacolo messo in mostra e delle urla di Greta, la famiglia di anatre decise di emigrare verso sud prima del previsto, ammonendo che "Certe cose non dovrebbero accadere in un luogo pubblico, davanti a dei pulcini, ci vuole un po' di decoro". Ma era la prima volta che degli istinti comparivano in Greta e in nessun altro contesto sarebbe stato più consono lasciarli detonare, se non all'aria aperta mietendo solo una vittima: la virilità di un postino non molto sveglio.

CAPITOLO 13

– No! No! Nooo! Non ci siamo! Eh, no! Dobbiamo provarci ancora da capo! Suvvia! Allora, sotto vai tu Pietro, serve qualcosa di grande e stabile. Tu sei un asino. Tu sei la base. Vai, mettiti fermo e aspetta. Ecco, bravo! Così. Ora tocca a te, Claretta. Usa le zampe anteriori per farti strada e arrampicati su Pietro. Così, da brava. Così! Sei la capretta più intelligente che abbia mai visto. Stupenda! Un altro piccolo sforzo e sei sopra. Eccoci! Pietro, resta fermo e non far cadere Claretta! Porta un attimo di pazienza. Bene. Veloci adesso. Kiro, afferra Baghira e salite in cima a Claretta! Lavoro di squadra! Non voglio vedervi mai più litigare, è a causa vostra se ancora non siamo riusciti a concludere la piramide. Dimenticate di essere cane e gatto e collaborate. Suvvia! Kiro, gentilmente, accogli Baghira tra le fauci, ma senza premere. Baghira, usa le tenaglie per tenerti a Kiro ma non sprofondare gli artigli nella carne, siete alleati! Veloci adesso! Saltate! Ci siete quasi! Bravissimo Kiro! Bravissima Baghira! Stupendo! Tenetevi stretti! Mi raccomando, non lasciate andare la presa. Pietro resisti, ti stai comportando benissimo! Suvvia, ci siamo quasi! Ah, se vi poteste vedere! La piramide è quasi completa. Che spettacolo. Il tutto senza nessun aiuto esterno! Allora: asino poi capra poi cane poi gatto, c'è quasi tutto, che manca? Giusto! Kurt!!! Dove sei, Kurt? Dannato gallo buono solo per il brodo, dove sei andato a finire, torna qua!!! Non abbiamo molto tempo. Pietro inizia a tremare. Claretta oscilla. Kurt, porta qua il tuo corpo piumoso e concludiamo la scultura! Eccoti! Da bravo, usa le ali per saltare in cima a tutti. Così! Uno, due, vola! Baghira, non azzardarti ad attaccarlo, lascia che si posi sulla tua schiena. Da bravi. Non ci credo... siete perfetti! Ci siamo riusciti! La piramide è conclusa!!! Presto, urge una foto! Restate immobili torno subito!

La vernice bianca con cui la casa era stata dipinta anni prima cadeva a pezzi. Particolare che si riusciva a notare solamente quando ti avvicinavi a sufficienza, cosa che in pochi avevano il coraggio di fare. Chi giungeva nelle prossimità di questa abitazione lo faceva per lasciare un animale moribondo vicino allo steccato che limitava la proprietà. Se qualcuno si fosse avventurato all'interno, allontanandosi dalle uniche due stanze dove era permesso l'accesso agli estranei (la sala d'attesa dove sopra a due sedie scomode era esposta la scarsa riproduzione a mano di una famosa opera di Van Gogh e la cucina-spaccio di pannocchie) e magari fosse stato coraggioso abbastanza da salire al secondo piano, avrebbe notato che le stanze erano desolatamente vuote. Sembrava l'interno di una casa da esposizione, abitata da una famiglia modello che si era volatilizzata. Il rumore dei passi sul parquet rimbombava sulle pareti senza trovare tracce di vita a frapporsi. I mobili erano disposti seguendo pari pari le indicazioni di un catalogo d'arredamento passato di moda. I libri sugli scaffali erano incollati tra loro e privi di contenuto. Le cornici contenevano foto di estranei che mai qualcuno, oltre al fotografo, aveva incontrato. Sotto una lampada c'era un'etichetta su cui era riportato il prezzo in una valuta scomparsa. Il letto era stato fatto l'ultima volta dai precedenti proprietari e da allora non era mai stato utilizzato. Sopra le lenzuola si era depositata una cortina di polvere talmente spessa da essersi convinta di essere un lenzuolo. In cucina e in salotto solo ceste contenenti mais. Mais ovunque. Per terra, sulle sedie, negli armadi vuoti privi di vestiti, nel frigorifero staccato, sulla tavola mai apparecchiata. Ovunque, cascate di mais.

Persino sopra la macchina fotografica polaroid che il medico stava cercando con tanta veemenza.

Sgranocchiando una pannocchia afferrata soprappensiero ripeteva il suo mantra: "Dove sei, dove sei, dove ti ho messa, dove sei scappata" mentre chicchi di mais le cadevano dalla bocca spalancata riversandosi su un pavimento che mai avrebbe pulito. "Eccoti!" urlò all'apice dell'isterismo.

– Vieni con me! Non ci crederà nessuno altrimenti, mi servi!!!

Ritornò sui propri passi il più velocemente possibile trovandosi in pochi secondi davanti alla sua creazione artistica.

– Eccomi! Sono tornata! State fermi… sorridete e… *click!*

Nessun flash e nessuna foto uscirono dall'apparecchio.

– Oh, cavolo, e tu da quando sei scarica? Non va bene! Ora devo comprare un nuovo film! Perdonatemi ragazzi, non era previsto. Non ci metterò tanto, il supermercato dovrebbe essere ancora aperto, voi restate fermi così, suvvia, da bravi, altrimenti chissà se ci riusciamo di nuovo. Pietro, mi raccomando, è tutto in mano a te. Cioè no. Nelle tue zampe. O nei tuoi zoccoli? Boh, vai a ricordare! Mi raccomando: stabile, impassibile. Stoico! Sei la mia base!

La Vespa azzurra e scoppiettante incespicava per la discesa resa oramai inagibile dal troppo mais cresciuto ovunque. Piante disseminate che avevano preso il sopravvento. Angela si era sempre ripetuta che un giorno avrebbe potato il potabile e che, magari, avrebbe pure realizzato uno di quei disegni che le piacevano tanto. Quelle creazioni circolari che solo dall'alto si notavano tramite l'ausilio di un aereo o di un elicottero. O con un collo lunghissimo (innovazione che spesso Angela avrebbe voluto sperimentare su di sé). Ma quel momento ancora non era arrivato. Aveva altri interessi. La passione infinita quanto inspiegabile per il mais. Curare le creature abbandonate dagli allevatori locali e disporle in figure geometriche. Seguire la salute di tutti gli abitanti del poco distante villaggio di anziani e in qualche modo, senza destare scalpore, far sì che nessuno si ammalasse, nessuno morisse, tutto rimanesse invariato nel tempo.

La spia della Vespa iniziò a lampeggiare. Il serbatoio brontolava come uno stomaco a digiuno forzato.

– Accidenti, cosa ancora! Hai fame piccolina? Scusami! Mi sono proprio dimenticata di te!

Angela estrasse una pannocchia e, senza smettere di accelerare, aprì il tappo del serbatoio. Con un gesto decisamente troppo sessuale la fece sparire nelle profondità del foro. Richiuse il tappo. Ci furono dei colpi di tosse forti, Angela assestò dei calci ben direzionati verso il motore del mezzo di locomozione, come una cavallerizza intenta a domare un puledro selvaggio.

– Da buona, manda giù, digerisci, da brava, lo sai che ti piace…

La Vespa provò a dimenarsi, ma dovette cedere ai colpi precisi e calcolati del medico. La pannocchia venne ingerita come nettare. Un rutto liberatorio fuoriuscì dal tubo di scarico.

– Bravissima piccola mia! Vedi che buono che è! Piace a tutti il mio mais! Fa miracoli!

Non ci provò nemmeno ad argomentare (la Vespa), quando Angela si convinceva di una cosa era impossibile farle cambiare idea. Erano anni che le chiedeva del semplice carburante, un bicchiere di benzina, una spruzzata di gasolio ma no, Angela aveva deciso che lei si sarebbe alimentata solo con mais e niente poteva farla tornare sui suoi passi.

– Siamo chiusi dottore, mi spiace.

– Suvvia, ci metto un attimo! Mi serve solo un film!

– Non vendiamo più rullini, tantomeno film.

– E da quando??

– Da quando nessuno usa più una polaroid.

– E io come faccio adesso?

– Molte persone sono passate alle fotocamere nel telefono, altri a quelle digitali.

– Interessante! Ne ha una per me?

– Non al momento. Di sicuro non ne troverà una qua nel villaggio. La novità del mese è questo tostapane con radio e sveglia comprese nella scocca.

– Che cosa?

– In pratica, la sera lei mette il pane qua dentro, poi imposta la sveglia, seleziona una stazione radio che le piace e al mattino non deve fare niente, fa tutto il tostapane. Lei sentirà un buon profumo di pane tostato, una musica gradevole provenire dalla cucina e deve solo andare a fare colazione...

– Ma io non faccio colazione!

– Ah.

– Scatta anche fotografie questo coso?

– Non credo, mi faccia controllare. Sveglia, tostapane, musica, altoparlanti. No, niente foto.

– Allora è inutile!

– Se aspetta il mese prossimo posso procurarmi una fotocamera un po' più moderna rispetto alla sua polaroid, guardo domani nel catalogo.

– Non c'è tempo! Pietro chissà se regge ancora. Povero asino. Una vita a faticare proprio come gli si addice. Ho capito, dovrò fare da sola.

Un alito stantio quanto familiare si fece largo rendendo l'aria irrespirabile.

– Dottore! Mi permetta. Un film di quel tipo dovrei avercelo io in casa! Proprio oggi, mentre mettevo ordine le mensole del ripostiglio, ne ho trovato uno.

Il dottore si rifugiò tra le spalle e, trattenendo scarsamente il ribrezzo, si voltò.

– Signor Cylfer. È lei. Qual buon vento. Che piacere vederla in piedi nuovamente.

– Merito suo, dottore!

– Si figuri. Volentieri.

Se in quel momento fossero stati assegnati dei premi per la migliore interpretazione di ostentata e falsa cordialità, Angela e Louis avrebbero dovuto dividere la statuetta a metà.

– Come dicevo, se mi segue le posso dare io il film.

– Non serve. Non vorrei disturbare.

– Nessun disturbo!

– D'altronde non è così importante.

– Come non è importante! E il povero Pietro?

– Pietro capirà...

– Pietro, l'asino?

– Al momento è più di un asino, è la base di una piramide.

– Allora merita un riconoscimento. Mi segua dottore. Abito poco distante da qua.

– Ricordo.

– La voglio ringraziare per avermi soccorso.

– Dovere. Lo faccio ogni volta con... gioia.

L'entusiasmo era completamente svanito dalla voce del dottore, che ora seguiva a debita distanza Louis. Il passo era schivo e ogni tentativo di dialogo da parte di

Louis piombava nel silenzio. Nell'aria si distinguevano scintille di attrito.

– Siamo arrivati. La prego di togliersi le scarpe, sa, ho pulito i pavimenti proprio oggi.

– Certamente.

Angela osservava l'interno della casa con fare guardingo, in attesa di un'imboscata.

– Ha fatto davvero un ottimo lavoro, sembra tutto nuovo.

– Olio di gomito! È questo il segreto! L'ho fatto con piacere, adesso che Magda starà un po' in casa con me non stava bene accoglierla nel completo disordine.

– Magda? È qui?

– Sopra la mensola! Nel barattolo! Si ricorda di Magda, vero? Credo proprio di sì, non muore tanta gente qua attorno. Se ne occupò lei, di ricucirla.

– Ricordo, ricordo… che tragedia terribile.

– Già! Ancora ne parlano tutti, dieci anni dopo.

– Avrei voluto fare di più…

– E come avrebbe mai potuto? Magda venne schiacciata dal tir. Non come l'autista. Quello fu un miracolo. Ricorda anche quello, vero?

– Ricordo. Inspiegabile quanto miracoloso per davvero.

– Stesso punto esatto del tir, ma lui ce l'ha fatta. Incredibile.

– Ha perso l'uso delle gambe però.

– Avrei volentieri preferito Magda senza gambe in casa piuttosto di una casa senza Magda.

– Certamente – si rassegnò Trianime.

– Sa, mi scrive ancora a ogni festività, Abdul – disse Louis cercando di ripescare l'attenzione del medico, mentre rovistava nelle profondità del ripostiglio.

– Abdul?

– L'autista del tir! Lui non si è mai dimenticato. A ogni festività mi manda una lettera di scuse e di auguri. Caro ragazzo. Io gli mando un assegno, così, per aiutarlo. Ha famiglia, è in sedia a rotelle, non ha più trovato un lavoro. Facciamo il possibile per non perderci.

– È un gesto molto nobile il suo, signor Cylfer.

– Se le tragedie non ci rendono migliori, allora tanto vale non avere mai tragedie!

– Credo lei abbia ragione.

– Ecco qua! L'ultimo film!

– Oh, perfetto. La ringrazio.

– Sono io a ringraziare lei!

– Le potrei portare del mais, per ricambiare.

– Ho sentito che quest'anno è più succoso del solito.

– Si scioglie in bocca.

– Non vedo l'ora. Burro e sale per me.

– La semplicità vince sempre.

– Beh, ancora grazie, dottore.

– Grazie a lei, signor Cylfer. E saluti alla cara Magda!

– Non si preoccupi. L'ha perdonata. Lo sento.

Il dottore uscì nel giardino e lanciò uno sguardo di rimprovero verso gli gnomi. Sputò per terra. Pulì il film appena ricevuto in dono più volte sulla giacca e, in una nuvola di parolacce, tornò in sella alla Vespa azzurra, dirigendosi verso la piramide animalesca.

Pietro giaceva al suolo mentre Claretta masticava l'erba vicino alla sua pancia collassata. Del resto della combriccola si erano perse le tracce. Solo Kurt osservava tutto dall'alto del tetto di casa.

– Ti avevo detto di aspettare, Pietro! Non si fa così! C'eravamo riusciti! E adesso?

Estrasse dalla borsa una pannocchia lucida come un pugnale e l'avvicinò al naso dell'asino morto dalla fatica.

– Fai un bel respiro amico mio.

Poggiò una mano sul ventre della bestia defunta.

– Insieme a me, Pietro, respira. Apri la bocca. Un bel morso. Da bravo.

Contro ogni sua volontà Pietro azzannò il mais.

– Bravissimo! Bentornato piccolo mio! Sono così felice tu sia di nuovo qua!

Pietro dal canto suo non era per niente felice di essere tornato dal mondo degli asini morti.

– Bravissimo, mangia tutto, senti quanto è zuccherina e succosa questa pannocchia. Suvvia, rilassati ora. Sai cosa vuol dire questo?

Pietro sapeva benissimo cosa voleva dire, dato che era la centesima volta che ciò accadeva.

– Esatto. Vuol dire che domani, appena ci svegliamo, facciamo tutto da capo. Ora mangia e poi riposati. Sei tu la mia base. Il mio pilastro!

Un cespuglio poco distante emise un urlo di sorpresa che venne prontamente bloccato da due mani.

Tentativi fallimentari e progressi degni di nota estratti dal diario dell'investigatrice Greta

Nessuno si ammala. Cioè, no, dico davvero: nessuno sta mai male! Non c'è una farmacia in questo cavolo di villaggio. All'inizio mica lo avevo notato, mi sembrava normale ma invece non è normale! Sono tutti vecchi e nessuno sta male! Bevono come spugne e vomitano anche l'anima e il giorno dopo tornano, freschi come rose! Io davvero non ci capisco nulla. Ho nuotato per ore in un lago che ok, non era troppo freddo, ma sono stata a mollo per un sacco e niente. Manco un raffreddore. Devo provare qualcosa, cioè dai ci deve essere un modo per capire se davvero stanno sempre bene. Però ecco, non vorrei farlo su di me. I miei ne hanno già passate tante, non voglio farli preoccupare ulteriormente. Ci sarebbero i vecchietti… loro una vita lunga l'hanno già vissuta, dai.

Tentativo n° 1: ho aggiunto un goccio di detersivo nella grappa che abbiamo al ristorante. Un goccio proprio eh, niente di troppo forte. Voglio solo vedere se succede qualcosa.

Progresso: due hanno vomitato. Forse era poco più di un goccio. Colpa mia. Però il giorno dopo sono tornati e l'hanno ordinata lo stesso.

Tentativo n° 3: a 'sto giro ho cercato qualcosa di diverso, il detersivo si sente e non voglio destare sospetti. Ho trovato un veleno per scarafaggi. Sto pensando, forse se ne metto proprio un pizzico, non è che fa tanto male.

Progresso: in quattro sono crollati sul bancone e ho dovuto chiedere a zia Vero di aiutarmi a portarli fuori. Li abbiamo bagnati con la pompa dell'acqua e lasciati lì a "farsi passare la sbornia". Puntuali sono tornati la sera dopo.

Tentativo n° 7: i lassativi (il tentativo n° 5 che ha riscontrato tanto successo da non diventare meritevole di menzione) li ho lasciati perdere. Ho chiesto a Rodolfo di portarmi un veleno per topi. L'ha fatto. Ora, io lo scrivo qua, se non succede niente neanche 'sto giro non so più che fare.

Progresso: la zuppa è piaciuta nonostante tutto. Ne ho messo così tanto dentro da renderla di una densità gradevole al palato. L'ho servita a un solo cliente, perché non voglio fare una strage, dai. Ne basta uno. Tanto si lamenta sempre lo stesso quando deve andare a ballare dai vicini con la moglie. Diciamo che lo voglio aiutare.

Aggiornamento: mi ha salutato, sta benissimo, è entrato con la moglie anche stasera come nulla fosse.

Tentativo n° 9: sto pensando seriamente di usare i coltelli da cucina. Cioè, se ho ragione, mica succede nulla. Il medico li ricuce e via, amici come prima.

Progresso: no ok meglio di no, il sangue è difficilissimo da lavare via e poi non voglio far preoccupare i miei.

Tentativo n° 11: e i coltelli no, e il martello no, potrei dare fuoco a qualche casa!

Progresso: meglio se continuo ad avvelenare, mi sembra la cosa più normale. Il fuoco attira l'attenzione.

Tentativo n° 28: ho provato a fargli ingerire quasi tutto quello che si può reperire legalmente. Cosa devo mettergli nel piatto per ottenere qualche risultato? Delle lamette???

Progresso: ho scelto di non optare per le lamette, sempre per non far preoccupare i miei.

Tentativo n° 32: credo sia ora di passare alle maniere forti. Al contatto fisico. Devo assumermi una qualche responsabilità. Zia Vero mi sta aiutando con un'ideuzza scenografica che ho avuto…

Progresso: se non va bene l'idea successiva, metterò in atto questa.

Tentativo n° 33: alla fine sto solo testando fin dove posso arrivare e fino ad adesso niente è andato storto. Stanno tutti benissimo. Hanno stomaci di ferro, nonostante la loro alimentazione sia basata al 50 per cento sul mais. Così ho pensato: magari è 'sto mais. Io mica l'ho mangiato. Ho provato a chiamare il medico, ma ogni volta che le chiedo di portarmene un po' dice di averlo finito.

Io so che non è vero! Lo vedo che lo mangiano tutti, tutti i giorni! Mi sta prendendo in giro. Tanto so dove abita, posso andare a prendermelo da sola direttamente da una pianta che ci vuole.

Progresso: non so cosa ho visto. L'asino era a terra quando sono arrivata. Era morto. Morto. Non sto scherzando. Non si muoveva e faceva impressione, stava spalmato al suolo con la panza rovinata. Poi lei è arrivata e sono corsa a nascondermi dietro un cespuglio, ma era morto l'asino. Era morto! Invece no, ha mangiato il mais. E non era più morto. Io… credo di stare impazzendo.

Tentativo n° 34: se ho ragione, tutto andrà bene, quindi perché non sporcarsi un po' le mani?

Progresso:

CAPITOLO 14

La grande sala da pranzo era stata sgomberata il più possibile. Il tavolino basso era ora addossato alla parete con il camino. Una tovaglia in plastica decorata con limoni ospitava una bottiglia di vino rosso eccessivamente economico ma più che consono alla ricorrenza settimanale. Altrettante bottiglie erano poggiate sul parquet in attesa del loro turno. Il giradischi era il grande dominatore dell'ambiente. Il vinile veniva solcato da una puntina esausta e il crepitio della polvere a ogni sussulto creava un sapore confortevolmente prevedibile. Era da mesi che le due coppie provavano a imparare dei nuovi passi ma i risultati erano lungi dal soddisfarli.

Giangiacomo ed Eleonora arrivavano a metà canzone ricordando tutti i movimenti. Del resto era casa loro. Loro il giradischi, loro il vinile comprato alcuni decenni prima e consumato allenandosi. Filippo e Annalisa facevano quello che potevano, diventando molto più sciolti una volta raggiunta la fine della prima bottiglia. Le scarpe di Filippo erano ancora troppo nuove e la suola litigava costantemente con il pavimento creando fischi che si allineavano ai sussulti del vinile sembrando in sintonia.

Giangiacomo non perdeva mai le speranze, era lui il capitano della nave. Ogni volta che la canzone finiva, applaudiva i partecipanti, li ringraziava e correva a riportare la puntina al punto iniziale. Veniva concesso un piccolo sorso di vino (che nel caso di Filippo e Annalisa coincideva con lo svuotamento del bicchiere direttamente in gola) e poi si ripartiva.

L'età complessiva di chi si muoveva in sala era di trecentotrenta anni. Le bottiglie di vino a disposizione almeno una decina. Le scarpe lucide e cigolanti erano otto.

Il vinile: uno. Da mesi, lo stesso.

C'era solo un elemento esterno a confondere due dei partecipanti, ad alzare di poco l'età complessiva in sala e aumentare di due il numero di scarpe.

– Tesoro – sussurrò Filippo alla moglie – Ma perché lei è qui?

– Non ne ho idea, si sarà inserita all'ultimo.

– Va bene, ma perché non balla?

– Le manca un partner, non vedi?

– Vedo vedo. Dico solo: non insistono? Con noi insistono sempre. Perché con lei non lo fanno.

– Ha portato dei biscotti fatti in casa. Forse è per questo.

– E non li hanno messi sul tavolino!? Li tengono per loro?

– Sono in cucina, me li ha mostrati prima Eleonora. Ne ho assaggiato uno, niente di memorabile.

– Perché non me l'hai detto?

– Ti stavi allacciando le scarpe nuove, so quanta concentrazione e tempo ti servono, non volevo disturbarti.

– Queste scarpe mi stanno uccidendo. Già è un dolore essere qua ogni settimana ma adesso è ancora peggio.

– Lo so amore mio, ancora due ore e abbiamo finito.

– La settimana prossima ci inventiamo una scusa…

– Ci abbiamo già provato, sai che non funziona.

Una mano estremamente giovane ma rovinata dal sapone da cucina di scarsa qualità si appoggiò sulla spalla di Annalisa che fu costretta a voltarsi. Un bicchiere di vino le venne quasi lanciato addosso e con un sorriso tanto finto quanto deciso Greta disse: – La prego, mi conceda questo ballo con il suo bel marito. Si sieda pure a degustare il vino, se lo è meritato.

Annalisa accettò senza battere ciglio.

– Che gioia! Signorina Greta lei mi rende così felice! E dire che voleva solo osservare! Apprezzo lo spirito di iniziativa! Faccia pure un giro col Filippo ma il prossimo lo concede a me! – disse Giangiacomo, incredulo del successo riscontrato nelle nuove generazioni.

– Signor Filippo si stringa forte e vediamo di finire presto. Mi segua.

– Ma sono io l'uomo, sono io al comando.

– Devo essere io a dirle che è davvero negato nel farlo o lo sa da solo?

– Ahimè, ne sono consapevole…

– Perché si ostina allora? – disse un attimo prima di iniziare a volteggiare armoniosamente nella sala.

– Beh, dovrebbe essere il mio ruolo. Sono l'uomo della coppia…

– Una stupida regola che non vale la pena di rispettare. Stringa forte le mani attorno ai miei fianchi e si lasci andare. – Greta risultava molto capace nonostante i modi grezzi.

– Come ha fatto a imparare tutto questo in così poco tempo?

– Sono passi banali, a lei manca la voglia, altrimenti ci avrebbe messo un attimo a imparare…

– Si vede davvero così facilmente che non desidero essere qua?

– Chiaro come la luce del mattino. Mi sorprendo che gli Agavigni non l'abbiano notato.

– Ho provato tante volte a farglielo capire ma come posso fare, non voglio creare dissapori, sono i nostri dirimpettai. Poi è bello uscire di casa ogni tanto. Avere degli amici. Lo sa, anche se qua siamo tutti uniti, non è facile stringere dei rapporti. Specialmente alla nostra età, si è tutti più schivi.

– Lo dice a me che ho ventiquattro anni e sono circondata da mummie?

– Signorina Greta!

– Mi perdoni, questa era gratuita.

– Però ha ragione, la capisco.

– Ora si tenga stretto che giriamo a destra con più decisione. Uno, due, tre e… giro!

– Queste scarpe! Mi stanno uccidendo!

– Lo vedo. Quante taglie più piccole sono?

– Due.

– Perché mai comprare scarpe più piccole di due taglie?

– Perché queste sono le uniche che aveva il calzolaio e che funzionavano. Volevo la suola più rumorosa in assoluto. Ho pensato che se a ogni passo mi fosse partito un fischio, avrei disturbato tutti e guastato il piacere del ballo. Così Giangiacomo avrebbe smesso di invitarmi. Invece no, ora vuole io venga altre due volte in settimana per far ammorbidire la suola e diminuire l'attrito e smorzare il rumore. Io non ce la faccio più.

– Perché non si finge malato?

Filippo si irrigidì e muoverlo divenne quasi impossibile.

– Ho detto qualcosa di sbagliato?

– No, è che…

– Andiamo, con me può aprirsi. Conosco già il segreto delle sue scarpe e le prometto che non dirò nulla. Perché non dice di stare male?

– Perché no. Non sarebbe…

– Non sarebbe cosa?

– Non sarebbe credibile.

– E come mai?

– Perché da queste parti…

– … nessuno sta male? Vero?

– Eh…

– L'ho notato sa? Sono stata a mollo in acqua per quasi tre giorni e niente, neanche l'ombra di un raffreddore. Allora ho fatto dei piccoli esperimenti al ristorante. Niente di assurdo sia ben chiaro! Ho aggiunto qualche spezia qua e là, nelle pietanze. Anche nella sua la settimana scorsa, si ricorda?

– Oh signorina! Faccio fatica a ricordare cosa ho mangiato oggi a colazione! Si figuri se ricordo cosa ho mangiato la settimana scorsa!

– Secondo me dovrebbe ricordarsi, se non quello che ha mangiato, almeno delle conseguenze…

Filippo corrucciò la fronte sforzandosi di ricordare ma niente, il buon umore tornò subito sul suo volto.

– Una pannocchia! Ecco cosa ho mangiato oggi a colazione!

– Che strano. A colazione?

– Eh sì. È stata un'ottima annata, ha sentito?

– Assolutamente sì. Ho sentito. Ma è difficile da reperire…

– Oh ma non si preoccupi, gliene procuro un po' io, devo solo ricordarmi di chiamarla!

– Sto provando da tempo e niente, pare si impegni a evitarmi.

– Lei è giovane signorina Greta, non ha bisogno del suo aiuto.

– Invece lei ne ha bisogno?

– Tutti qua ne abbiamo bisogno.

– La canzone sta per finire, che ne dice di provare il casquè?

– Il cosa?

– Mi raccomando, non opponga resistenza e si lasci andare, ora!

– No signorina Greta!!! No!!!

Lo schianto fu così dirompente che la puntina saltò alla fine del disco. Giangiacomo ed Eleonora si voltarono increduli, confondendo il rumore della colonna vertebrale spaccata in due parti con quello di un asse di legno del parquet esplosa per l'eccessiva sollecitazione. Annalisa si alzò in piedi urlando, rovesciando per terra il poco vino che le restava. Filippo emise un gemito che finì soffocato da una schiuma di sangue in gola.

Greta era stata precisa, micidiale. Non si aspettava un successo così clamoroso al primo colpo. Si era allenata con la zia, trattenendosi sempre, fermandosi un attimo prima dell'irrecuperabile, ma la schiena della zia era ancora elastica rispetto a quella del signor Guglielmoni.

I risultati di un casquè spinto fino a una mossa di wrestling sul corpo di un ottuagenario dalle ossa calcificate andavano al di là delle sue più rosee aspettative. Aveva usato il ginocchio per fare da spartiacque e, con l'ausilio del gomito, aveva premuto fino a trasformare la schiena della malcapitata vittima in un gambo di sedano troppo lungo, destinato a essere ridimensionato per riuscire a entrare in un frigorifero minuscolo.

Filippo tremava mentre veniva disteso sul pavimento.

– Cosa è successo!!! Che ha fatto??? – Urlò Giangiacomo in preda al panico.

Le due donne in sala si abbracciarono piangendo.

– Shhh non serve urlare – disse Greta con un modo di fare tanto inappropriato quanto razionale.

– Certo che serve! Guardi il Filippo! Sta schiumando dalla bocca!

– Se ho ragione, tutto si risolverà non appena arriverà il medico.

– Ma, cosa sta dicendo…

– Sa benissimo cosa sto dicendo. Se invece ho torto beh… mi assumerò le mie responsabilità.

– Lei è pazza, signorina Greta!

– O forse sono solo stanca.

Annalisa Guglielmoni spinse via Eleonora per lanciarsi sulla giovane lavapiatti.

– Se Filippo non torna indietro io giuro che ti ammazzo con queste mani. Giuro che pongo fine alla tua inutile vita di sguattera con tutte le forze che ho in corpo.

– E perché mai non dovrebbe tornare indietro?

– Io… io… lo giuro.

– Non sprechi energie con me, sono solo una misera sguattera, vada a chiamarla, sono sicura che a voi risponderà.

Eleonora prese nuovamente Annalisa tra le sue braccia e le due si spostarono verso il telefono in cucina. Digitò il numero scritto in un appunto a matita nell'agendina poco distante. La cornetta emise un suono monotono e fisso.

– Non capisco. Eppure il numero è giusto. È questo scritto qua, vero? – chiese ad Annalisa che stava indossando gli occhiali, cercando di fare spazio tra tutte le lacrime.

– Sì, è quello. A me pare sia il tuo telefono a non funzionare.

– Ma come…

– È staccato. Non senti?

– Ma se ho parlato con mio figlio poco fa. Qualche settimana fa, credo, non può essere… Ha detto che a fine mese passa a trovarci.

– Sono anni che dici che passa a trovarvi, Annalisa, e non s'è mai fatto vedere.

– Ma quanto è passato?

– Non importa adesso. Ci pensiamo poi. Ora dobbiamo chiamare il medico.

Greta si avvicinò al telefono e, pedinando il cavo tra le profondità di una selva di polvere, lo riallacciò nell'apposita presa.

– Provate ora! – urlò alle due anziane in cucina. – E vediamo di fare in fretta, non mi piace il colore che sta prendendo il Filippo.

Eleonora digitò un numero diverso da quello che tutti aspettavano. Sapeva che non c'era fretta per salvare il signor Guglielmoni. Un'altra emergenza aveva priorità per lei.

– Pronto?

– Mario.

– Chi è?

– Mario. Ma che fine hai fatto?

– Chi è? Pronto?

– Mario. Sono la mamma. Avevi detto che a fine mese passavi.

Tuuu tuuu tuuuuu tuuuu

La linea cadde.

CAPITOLO 15

Il giardino della famiglia Dorisz era un campeggio per gatti. Ognuno aveva la sua area svago dedicata dove poteva passare tutto il tempo che voleva a rilassarsi e dormire cullato dal tepore del sole. Ogni abitante del villaggio riconosceva il grande lavoro di architettura che la coppia aveva affrontato. I progetti venivano disegnati a mano ed esposti in salotto, dibattuti e corretti dove necessario per settimane, venivano consultati altri esperti del settore (altri vicini di casa con hobby simili) e solo dopo mesi si passava alla costruzione.

Ogni albero tiragraffi veniva intrecciato seguendo regole tramandate dalle donne della famiglia di Petra. Era costretta a vivere con la consapevolezza di essere l'ultima portatrice di tale tradizione e che, a causa della sua infertilità, tali segreti erano destinati a perdersi. Cercava così di lasciare più tracce possibili, non smettendo mai di creare capolavori di intreccio donati ai sostituti della sua prole: i sei felini che popolavano il giardino.

Ugo aveva costruito un sistema comunicante di ballatoi tra case rialzate, rese ospitali tramite cuscini cuciti a mano. Passava molto tempo a spiegare ai gatti le novità apportate, senza che questo sforzo gli venisse mai riconosciuto. Unico premio che i coniugi ricevevano erano cadaveri di lucertole lasciati sul pavimento in cucina. Ci fu una volta in cui i Dorisz cucinarono alcune tra queste lucertole e provarono a mangiarle, credendo così di poter consolidare il rapporto con i gatti tramite un goffo rituale occulto. Non ci fu un cambiamento sostanziale tale da giustificare l'orribile esperienza culinaria, così decisero di dimenticare l'esperimento e non parlarne mai più. Tuttavia, Ugo si svegliava spesso nel cuore della notte stranamente affamato, ricordando con nostalgia il sapore vomitevole di lucertola.

Vasco era il gatto più anziano, l'unico ad aver vissuto i primi anni di vita in una casa vera, prima del trasloco nel villaggio. La sua abitazione era la più orizzontale del giardino. Sembrava la tenda di uno sceicco troppo pigro per decidere di uscire e andare all'avventura tra le dune. Passava la quasi totalità delle giornate a dormire e a leccarsi ed era l'essere vivente più invidiato nel villaggio.

Antonella e Myriam, altre due gatte entrambe di dieci anni, erano solite andarlo a trovare e coricarsi insieme a lui nonostante avessero a disposizione le loro abitazioni. Si trattava dei primi esperimenti architettonici di Ugo, che aveva voluto creare per ognuna delle strutture verticali. Una torre dalla base larga e la punta circolare e stretta e una piramide ad ampi cassettoni che andavano via via stringendosi fino a scomparire verso la cima. Siccome si trattava di tentativi rudimentali, le due gatte non furono mai del tutto a loro agio. C'erano troppe assi di legno sconnesse e chiodi esposti per coricarsi beate, ma apprezzavano i numerosi ripari naturali che gli errori di progettazione concedevano, usandoli per scappare dalle ore di sole più calde in estate.

Anna, la quarta gatta, aveva una palafitta alta un metro da terra raggiungibile tramite una scala a chiocciola su cui era solita scivolare ogni volta che veniva utilizzata.

Rosario fu vittima di un altro esperimento fallito: un duomo sferico con ingresso nella parte superiore. Nonostante la difficoltà di accesso (per riuscire a entrare era necessario compiere un preciso balzo in alto e terminare nel centro esatto della costruzione, ogni errore di calcolo avrebbe dato come risultato ruzzolare rovinosamente a terra e dover ripetere l'operazione nell'imbarazzo generale) questa abitazione veniva usata regolarmente.

Peppino era il più giovane e giocherellone di tutti. La sua sistemazione era una scatola sospesa in aria tramite corde che si agganciavano a tutti gli elementi sopraelevati del giardino. Numerosi appigli originavano dal tetto e Peppino adorava correre su e giù e inventare nuovi percorsi per tornare nella sua dimora.

Una gravidanza interrotta dopo l'altra, il rapporto tra i Dorisz era andato a mutare, logorandosi. Ugo non aveva mai dato la colpa alla moglie, odiava vederla soffrire e colpevolizzava il proprio seme per non essere forte abbastanza. Petra fin da bambina aveva avuto solo un sogno: diventare madre. Ma già dalla prima gravidanza si era resa conto che qualcosa in lei non funzionava come avrebbe dovuto. Gli ulteriori, numerosi tentativi, vennero compiuti solo per compiacere il marito che non perdeva mai la speranza.

Si creò una distanza. Sfiorarsi sembrava accarezzare un cespuglio di rovi e spine. I gatti furono il surrogato ideale. Il letto matrimoniale venne fatto a pezzi per poter utilizzare il legno e il materasso spolpato per creare morbida accoglienza ai venerati pelosi. Si tenevano per mano mentre stavano in piedi a guardare i gatti intenti a fare nulla nell'erba e si sentivano completi, le spine erano sparite.

Tra tutti gli abitanti del villaggio loro erano gli unici a essere esentati dagli insulti di Louis che anzi, li guardava con rispetto e neutralità.

– Il vostro Peppino. È un gatto proprio coraggioso! L'ho beccato a girare nella mia cucina, mi sa che cercava qualcosa da mangiare. Non sa che da me si trova solo zuppa! In lattina! Cosa vuoi fare Peppino? Vuoi imparare ad aprire le lattine di zuppa? E come? Con queste zampine morbide che hai?

Vedere Louis parlare con gentilezza a un gatto creava sensazioni discordanti. Lo teneva in braccio come fosse un sacco di patate, stringendogli delicatamente le zampe tra le dita rugose. Si notava il suo impegno nel cercare di esternare affetto ma era un affetto molto impacciato. Il modo in cui gli accarezzava la testa rivelava che quella doveva essere la prima volta in almeno un decennio che Louis entrava in contatto con un essere vivente. Petra non riusciva a sostenere questa visione e corse a salvare il povero Peppino dalle braccia di Louis.

– Grazie davvero per avercelo riportato! – disse Petra respirando intensamente.

– Stavamo iniziando a preoccuparci – aggiunse Ugo.

– Non tornava da due giorni – ribatté Petra baciando la testa minuscola.

– Oh ma non vi preoccupate! Peppino può venire a trovarmi quando vuole! Anzi, mi procurerò un po' di cibo, non si sa mai…

– Non è necessario Louis! – risposero in coro.

– Lo faccio con piacere. Ora vi saluto che si è fatto tardi e questo imprevisto ha scombussolato il mio programma odierno. Ah, ma non fraintendetemi, è stato un imprevisto simpatico! Peppino è proprio un gatto sfacciato. Dovevate vedere come si è lanciato verso Magda. Non fossi arrivato in tempo forse avrebbe buttato giù il barattolo. Che simpatico. Alla prossima!

Louis si allontanò e Ugo e Petra rientrarono in casa, diretti a riempire la ciotola del felin prodigo.

– Non ti sembra cambiato, Louis?

– In effetti. È strano.

– Sorride di più…

– È strano, quando sorride…

– Sembra che si stia sforzando molto per sembrare naturale.

– Dopo la riunione straordinaria credevo si sarebbe ritirato completamente e invece no, lo vedo in giro più spesso, saluta, ha smesso di sputare per terra quasi del tutto...

– Ho notato anche io che non sputa più...

– Era una abitudine così disgustosa.

– Lo vedo più... rilassato?

– O rassegnato?

– Come se si fosse svegliato da un lungo sonno.

– Ha nominato la moglie senza scoppiare in pianti e urla!

– È un'altra persona, te lo dico io.

– Sembra lo stesso Louis di quando arrivammo qua. Quello che veniva a trovarci e parlava con Vasco.

– Ricordi quando venne a prenderlo in prestito per vedere se poteva fare qualcosa contro le rane?

– Le odiava proprio quelle rane.

– Le odiavamo tutti ma lui era geloso, credeva che Magda tenesse più a loro che a lui.

– Non è mai stato una persona facile, Louis...

– Magari adesso, ma una volta era un bonaccione, quante volte ci aiutò a far scendere Vasco dall'albero in piazza?

– Era sempre il primo a correre a prendere la scala, hai ragione.

– E tutte le volte che correva a fermare i cani dei Millevolti per evitare che ci mangiassero le gemelle?

– Antonella e Myriam non sono mai state dei pozzi di intelligenza.

– Forse dovremo andare a trovarlo più spesso, credo sia arrivato il momento.

Un urlo disumano squarciò la conversazione tra i coniugi. I cinque felini appisolati scapparono dalle loro tane per rientrare in casa veloci come palle di fuoco, costringendo gli anziani proprietari a schivarli con movimenti troppo acrobatici per i rispettivi legamenti.

Petra lasciò cadere Peppino in terra e corse alla porta d'ingresso. Louis tornò indietro sui suoi passi. Ugo uscì senza chiudere la porta. Tre anziani, due tra i quali in pantofole, stavano ora trascinando i loro pesanti piedi verso il centro del villaggio.

Veronique si aggirava in stato confusionale nel giardino esterno del ristorante, il suo grembiule era intriso di sangue, le mani unite e accostate sulla bocca. Emetteva brevi suoni simili a parole. Gli occhi non smettevano di lacrimare e guardare un punto indefinito tra gli alberi.

Poco alla volta, un'altra schiera di anziani stava raggiungendo l'epicentro dell'urlo.

Fu l'abbraccio di Petra a riportare alla realtà Veronique che, incapace di comporre una frase di senso compiuto, indicò tremolante la cucina del ristorante aggiungendo solo un nome: Danielle.

Ugo e Louis decisero di entrare da soli, chiedendo a Petra di occuparsi di Veronique e dei curiosi. Alcune signore erano accorse portando con sé coperte fatte a maglia che ora stavano gettando sulle spalle della donna. Coperta dopo coperta, Veronique diventava più stratificata di una lasagna.

Lo spettacolo in cucina era indescrivibile. Era come quando un frullatore viene caricato con ogni tipo di frutta e latte per creare un frullato perfetto ma ci si dimentica maldestramente di mettere il tappo e dalla macchina esplode il contenuto in incontrollabili lapilli colorati, brandelli di bucce e semi sulle pareti. Lo stesso era successo da poco su quelle pareti ma la cucina non era cosparsa di frutta spappolata, bensì di quello che rimaneva del braccio di Danielle.

Tobias era inginocchiato sulla moglie che giaceva sulle piastrelle una volta bianche della cucina. Aveva la testa premuta contro il suo petto e con una mano tamponava diversi stracci sulla lacerazione sgorgante appena sotto alla spalla destra della moglie. La mano, l'avambraccio e il gomito non c'erano più: al loro posto, coriandoli insanguinati, cosparsi sull'acciaio dei fornelli, gocciolanti dalla cella frigorifero. Danielle non si muoveva, la pozza di sangue attorno a lei stava raggiungendo la sala da pranzo, superando la soglia della porta.

– Cosa è successo? – chiese Ugo, incapace di distogliere lo sguardo dalla ferita.

– La macchina per tagliare i würstel. La stavamo provando. – rispose robotico Tobias.

– Ma… come può aver fatto tutto questo?

– L'ha… risucchiata… non riuscivo a fermarla. Era fuori controllo. Un turbine. Ha tagliato tutto. Ho staccato la spina e ancora non si fermava…

– È orribile, è impossibile!

– Era nuova, appena arrivata, volevamo provarla, volevamo solo… provarla.

Tobias crollò in singhiozzi disperati, lacrime e sangue striavano il suo volto. I gemiti rimbalzavano tra le pentole penzolanti in una tragica partita di ping-pong.

– Chiama il medico – disse Louis a Ugo che stava già ripulendo la cornetta dell'apparecchio da pezzi di dita.

– Non risponde…

– Lascia un messaggio in segreteria allora.

– Non parte, c'è come un fischio, lungo.

– Questo è… inusuale…

Un rombo distante si fece via via più vicino, il suono inconfondibile di un fastidioso insetto a motore su ruote. I due anziani si guardarono.

– È la Vespa del medico. Qualcuno deve averla già chiamata.

– Vedrai che adesso il medico risolve tutto, stai ben tranquillo Tobias, ora ci pensa lei…

Ma, raggiunto il culmine, il suono si fece nuovamente distante, andando a scomparire lontano.

– Non si ferma? – sbottò Louis.

– Dove andrà mai? – disse Ugo – È qui che serve il suo aiuto!

– Dannato medico. Non ci si può mai fidare di lei! Proprio come con la mia Magda!

– Non può essere! È andata via? – chiese Ugo alla moglie una volta giunto in giardino.

– Si è fermata laggiù – rispose Petra, indicando una casa illuminata dalla quale proveniva una neniosa musica da ballo.

– Cosa cavolo è andata a fare dagli Agavigni?

CAPITOLO BONUS: UNA GIORNATA QUALUNQUE NELLA VITA ESILARANTE DEL BUFFO TIMOTELLO BIRIGHELLONI

Il riflesso nello specchio confermava la sua paura. Anche questa volta i lividi erano in zone non visibili. Sarebbe uscito di casa, vestito come sempre e nessuno avrebbe notato le percosse.

C'era una precisione quasi chirurgica nel colpire le stesse zone ripetutamente, per costringerlo a provare un dolore costante che non sarebbe mai passato. Indossò la giacca con fatica, guardò la sua carnefice inghiottita nel divano, ipnotizzata dalla telenovela di fiducia e, cercando di fare meno rumore possibile, uscì in strada. Finalmente era libero. Questa passeggiata sarebbe stata la sua ora d'aria prima di tornare tra le grinfie della moglie.

– Timotello! Vecchia canaglia! Burlone del mio cuore! Ho proprio bisogno di ridere un po', vieni qui! – disse Gernot Jutter al vicino.

– Shhh fai piano, mia moglie non sa che sono uscito!

– Ahahaha quanto mi fai ridere! Non so che hai, ma come dici le cose tu...

– Per favore! Andiamo da qualche parte, via da qui. – Timotello arrancava il più velocemente possibile per scappare dal terrore che lo attanagliava.

– Come vuoi, va bene, ma non smettere... la tua faccia, fa già effetto. Mi sento meglio.

I due anziani si allontanarono verso il centro del villaggio, Gernot non riusciva a fare a meno di confidarsi con il vicino.

– Insomma è così, uno strazio. Non so cosa fare con lei. Creme su creme. Soldi su soldi, che io pago. Io! Per questa stupida vanità. Perché non può accettare di invecchiare come facciamo tutti, dico io?

– Non lo so, forse ci tiene a sembrare come era una volta, sai, per via della nostra condizione… Del nostro essere "privilegiati", ecco.

– D'accordo, in parte hai ragione. Da un lato ci va di lusso ma dall'altro noi invecchiamo lo stesso. Guarda Ada Villa. È più scheletro che donna.

– In effetti…

– Vorrei solo che Brigitte fosse meno superficiale, tutto qua. Siamo in questo villaggio tutti insieme, non è una gara. Il destino ci accomuna. Perché non scendere a compromessi?

– Dalle del tempo, sono solo soldi, potrebbe andare peggio.

– Ma che ne vuoi sapere tu! Ti sei sposato una santa! Bumbolina è un'anima pia e gentile e pure lei mette il buon umore. Sempre con la battuta pronta. Proprio come te!

– Io non sto facendo battute, anzi…

– Ahahahah mi fai morire! La tua faccia è così espressiva! Sei nato per rallegrare. Si vede che dentro stai bene, mica come me.

– Certo. È proprio… è così.

Arrivati nel centro del villaggio Timotello notò uno strano accalcarsi di abitanti. Persi nei discorsi, non avevano sentito l'urlo primitivo che aveva richiamato una nutrita folla e pensò si trattasse della solita calca che lo perseguitava ogni qual volta usciva di casa. Le facce che si tramutavano in maschere di scherno, le dita puntate verso il suo volto, le risate a cascata, le mani sulla pancia di chi non riusciva a trattenersi fino a urinare nel pannolone. Non sopportava la derisione che accompagnava ogni sua parola e non voleva farsi umiliare ulteriormente così decise di rientrare, abbozzando una scusa casuale, dileguandosi nella confusione generale.

Chiuse la porta di casa e tirò un affrettato sospiro di sollievo.

– Dove sei stato? – l'origine di tutte le sue pene si era svegliata.

– Bumbolina. Scusami. Volevo prendere una boccata d'aria. Tutto qua.

– Con chi hai parlato?

– Solo con Gernot. Ci siamo incontrati per caso in strada.

– Falso! Tu menti! L'hai chiamato tu, per tramare alle mie spalle!

– Ti giuro, non è così!

– Come no!? Lo so benissimo. Chissà quanto parli male di me. Le cose terribili che dici. Che sono violenta, che ti rendo la vita un'agonia.

– Non ho detto nulla!

– Invece è la mia di vita a essere un'agonia! Sei tu ad avermi portato qua! Avessi saputo a cosa andavamo incontro, mai avrei accettato!!!

– Ma Bumbolina. È il sogno di tutti stare qua…

– È il tuo di sogno! Io non resisto più! Ne ho abbastanza, delle giornate sempre uguali. Della tua faccia, sempre uguale, tutti i giorni.

– Amore mio…

– Non chiamarmi così! Mi fai schifo! Mi viene da vomitare solo a guardarti.

Bumbolina Birighelloni afferrò il telecomando della televisione, un gigantesco oggetto testimone di una tecnologia passata, e lo impugnò come manganello.

– Togli la camicia.

– No. Ti prego. Basta.

– Toglila ho detto!!!

– Non riesco. Ho male dappertutto.

– Sei uscito, evidentemente non hai male a sufficienza…

Il rombo di un motociclo interruppe l'imminente punizione corporale.

Bumbolina corse alla finestra, distraendosi.

Timotello era salvo ma per quanto ancora, non poteva saperlo.

CAPITOLO 16

– Poche cose mi infastidiscono quanto gli arroganti. I saccenti. I so tutto io. Tu sei proprio una di loro. Con la tua curiosità. Non stai mai al tuo posto, ragazzina. Cosa ti è saltato in mente di fare? Come ti sei permessa?

Greta aveva gli occhi fissi sul medico. Era lì davanti a lei, sapeva che tutte le risposte che cercava giacevano nascoste in quella donna dall'aspetto maschile, ricurva in vestiti sportivi sudici di taglie fin troppo abbondanti. Il medico si tolse gli occhiali da aviatore che indossava quando guidava la Vespa e guardò il corpo ancora in preda agli spasmi di Filippo Guglielmoni.

– Odio quando me li lasciate a metà. Sai quante bestie mi vengono portate ogni settimana, nelle stesse condizioni? Un'infinità! Sembra quasi che non ci sia altro da fare da queste parti se non ammazzare a metà esseri viventi. Siete tutti dei codardi. Già che iniziate una cosa, portatela a termine, dico io!

Si tolse i guanti sportivi in pelle e con il palmo ruvido accarezzò il volto del malcapitato.

– Povero Filippo. Non aveva fatto nulla di male. Una vita passata a cercare di non ferire nessuno. Eccolo qua, incapace di muoversi. Ora finalmente l'hai trovata una scusa per smettere di ballare, eh? Bravo Filippo! – una risata fuori luogo e una pacca troppo energica sulla fronte del corpo decretarono la fine di ogni rantolo.

– Oh. È andato. Ops!

– Il mio Filippo!!! – urlò Annalisa mentre veniva trattenuta dalle braccia di Eleonora.

– Suvvia... non fate rumore. Mi distraete! – sbuffò il medico infastidito.

– Faccia qualcosa, la prego – implorò la novella vedova.

– Non finché la piccola insolente è qui – concluse Angela sedendosi per terra, incrociando le braccia e distendendo le corte gambe insaccate.

Greta non era stata in grado di pronunciare neanche una parola da quando aveva finalmente incontrato il medico. Tutto il caos di domande che aveva accumulato in testa durante le investigazioni si era calmato, andando in vacanza altrove. Si sentiva nuovamente bambina. Percepiva un astio superficiale provenire dal medico ma questo non la innervosiva anzi, la lusingava. Sapeva di aver colpito nel punto giusto, era certa che le sue teorie, per quanto strampalate, avessero trovato un fondamento.

C'era qualcosa di familiare in quella persona seduta per terra. Come se si fossero già incontrate molte volte, come se adesso fosse in grado di posizionarla all'interno della abitazione che aveva esplorato durante la sua assenza. Quella casa priva di ogni traccia di vita umana, sterile e vuota, ora la ricordava diversa. Accogliente, mite. Riusciva a vedere Angela muoversi tra le stanze, aspettare qualche anziano paziente per firmare una ricetta, camminare scalza negli infiniti filari altissimi di mais, osservarla mentre accarezzava un asino esanime. Era successo davvero, o l'aveva solo immaginato?

– Ragazzina, ti prego. Vattene. – La mano gelida di Annalisa riportò Greta alla realtà.

– Io devo solo, devo parlare. Chiedere. Devo parlare con lei!

– Il medico Trianime non ha tempo ora. Vattene via, per favore. Hai già fatto abbastanza…

– Devo solo chiedere una co…

– No!!! Te ne vai!!! Ora!!! – sbottò Annalisa alzando la voce fino a ferirsi le corde vocali – Il mio povero Filippo… Non ti aveva fatto niente…

– Io, mi dispiace… – disse Greta, lasciando entrare il senso di colpa nella palette di emozioni.

– Vai a casa – aggiunse Eleonora, spingendo fisicamente via Greta dalla stanza.

– Esatto, vai a casa, a controllare come sta la mamma…

Fu il tono con cui il medico disse quest'ultima frase che fece sobbalzare ogni millimetro della pelle di Greta. Era stata sussurrata come una minaccia consapevole. Esattamente come era successo poco prima, ora Greta era stata spinta a tuffarsi nella propria immaginazione e stava camminando nella casa del medico, verso la sala d'attesa. Seduta su una delle due sedie, sotto la scarsa riproduzione del famoso quadro di Van Gogh, c'era la madre. Leggeva una rivista per casalinghe sfogliandola con una mano sola. Greta percepì un repentino cambio di temperatura all'interno della stanza e il suo fiato diventò nuvole di vapore. Era tutto così realistico che per lei fu naturale camminare verso la madre, senza accorgersi di stare camminando su una pozza di sangue. Abbassò lo sguardo ma urlare le fu impossibile. Si tappò la bocca, tornò a guardare la madre che adesso le stava sorridendo mentre una fontana di liquido viscoso rossastro le fuoriusciva dai resti di un braccio ridotto a brandelli.

Una spinta più forte la riportò alla realtà e cadde con il sedere in terra appena fuori l'ingresso di casa Agavigni. Era stato Giangiacomo che ora si stava chinando su di lei bisbigliando.

– Vai via. Subito. Vai a casa. Fai quello che ti dice il medico. Fai sempre quello che ti dice il medico – ordinò repentino.

– Ho visto mia mamma! – disse Greta in preda al panico.

– Fai quello che dice il medico. Va' da lei.

Greta si alzò da terra come un cerbiatto che impara a camminare. Non aveva memoria degli ultimi attimi, di quello che era accaduto al di fuori della sua testa, ma ora stava correndo a perdifiato verso il ristorante. Verso sua madre.

Lorenzo e Francesca Millevolti erano soliti portare a spasso Cerbero e Flaffo all'imbrunire. La loro meta preferita era la collina degli alberi depressi. Flaffo aveva enormi difficoltà motorie così i due lo sollevavano a turno per portarlo in cima. Cerbero invece era più toro che cane, correva fiero senza mai fermarsi, il collare riusciva a malapena a chiudersi attorno a quel collo pieno di nervi e vene esasperato da una respirazione faticosa. Il sole era oramai del tutto tramontato e restavano solo gli ultimi pochi minuti di luce cobalto prima dell'avvento del buio.

Francesca stava fumando, come sempre quando faceva attività fisica. Spegneva accuratamente le sigarette in un posacenere portatile che svuotava non appena rientravano in casa. Lorenzo era l'addetto ai sacchetti per raccogliere gli escrementi e il suo marsupio era fornito di un pacchetto di sigarette di scorta, qualora quello della moglie fosse terminato. Non era un bello spettacolo Francesca quando non aveva più sigarette a disposizione.

– Oh bello, Cerbero sta puntando laggiù – disse Francesca strizzando gli occhi aquilini, indicando una casa tra le tante del villaggio

– Deve aver sentito qualcosa, guarda come si è teso il collo.

– Che c'è cucciolone, che hai... oh che hai sentito...

Francesca si chinò per abbracciare Cerbero. Flaffo, ingelosito, corse verso di loro inserendosi nell'abbraccio. Le ci vollero alcuni minuti per calmare i due cani.

– Oh ma sei bello nervoso. Sarà mica l'autunno?

– Guarda l'ingresso! Arriva un polverone...

– Sembra... A me pare la Vespa del medico...

Le urla di Veronique rovinarono il lavoro calmante svolto da Francesca. I cani ora stavano abbaiando verso il centro del villaggio. Cerbero, con la sua voce infernale e Flaffo, con il suo rauco squittire.

– Ma che succede?

– Buoni belli… state buoni!

– Stanno tutti uscendo dalle case. Non capisco. Vanno al ristorante…

– Deve essere grave.

– Era dal fattaccio del tir che Cerbero non abbaiava così.

– Poco male, il medico è arrivato, dai che ora ci pensa lei.

– Ci pensa lei, ci pensa lei. Se le va, ci pensa lei. Mica sempre le va… – Francesca spense la sigaretta e ne accese subito un'altra.

– Non sempre, ma va bene così.

– Dillo a Louis. O a Flaffo. Certo, è ancora tra noi, ma già che c'era poteva fargli ricrescere la gamba.

– Avresti preferito perderlo per sempre?

– Oh bello, no! Per carità! Ma mi distruggo la schiena a portarlo in braccio. C'ho la mia età anch'io!

Il giardino del ristorante andava via via svuotandosi. La folla radunata, non appena vista la gravità dell'evento, aveva compreso che ci sarebbe voluto troppo tempo per ripristinare la normalità e nessuno voleva perdere preziose ore di sonno. Molti avevano lasciato la cena in tavola, tantissimi erano tornati abbattuti nelle loro cucine avendo compreso che il servizio al ristorante per quella sera, e sicuramente per molte altre a venire, sarebbe stato interrotto.

Un nutrito gruppo di accaniti bevitori si recò fuori dall'abitazione di Don Stratter, consapevoli che tra le sue mura avrebbero trovato alcol a sufficienza. Don fu ben felice di accoglierli e, per una volta, non essere costretto a bere da solo mentre la moglie si addormentava ubriaca con la faccia nel piatto.

– Dove vanno? – chiese Veronique a Louis, che si era appena seduto al suo fianco in un tavolo apparecchiato a metà nel giardino del ristorante.

– A casa. Dove vanno sempre. Al sicuro nelle loro case.

– È così che fanno? Scappano a casa quando c'è un'emergenza?

– Si fidano troppo del medico. Non è da loro pensare che qualcosa possa andare storto.

Ci fu un attimo di esitazione, poi Veronique riuscì finalmente a chiedere ciò che giaceva negli abissi della sua speranza.

– Arriverà qua vero, risolverà tutto?

– Lo sta chiedendo alla persona sbagliata.

Le pupille della capo sala furono coperte da una coltre di lacrime. Come pesci rinchiusi in una boccia traboccante, cercavano di fare ordine tra i pensieri.

– Tanto tempo fa, neanche ricordo quanto, ho fatto lo zaino e sono partita. Non c'era dentro quasi niente, avevo solo voglia di lasciare quel buco di paese dove eravamo cresciute. Sa, a Danielle era andata bene, se così si può dire. Non le era mai venuta voglia di lasciarlo, quel posto, io invece non lo sopportavo. Volevo girare il mondo. Lei aveva trovato il suo di mondo in quello strampalato di Tobias. Neanche loro due sopportavo più. Erano troppo, troppo innamorati. Era impossibile riuscire a parlare, vivevano in simbiosi. Si completavano a vicenda le frasi, si imboccavano a cena. Era avvilente, così me ne andai. Dieci anni a girovagare e da nessuna parte ho incontrato qualcuno che mi facesse perdere la testa come Tobias la fece perdere a mia sorella. Allora ho pensato, che era così che doveva andare per me. Che tra le due, lei era quella destinata a trovare l'amore e io quella destinata a cercarlo. Per sempre. Non so se mi capisci, Louis...

In tanti anni di solitudine, Louis aveva imparato quando stare zitto. Poi, per dare fastidio al prossimo, aveva imparato quanto era bello non stare zitto e rovinare tutto dicendo la propria opinione o contraddicendo senza badare alle conseguenze. In quel momento decise di affidarsi a ciò che aveva imparato e, con un sorriso stranamente buono, fece un cenno a Veronique, tacendo.

– Mi faceva paura il mio cinismo. Ero gelosa. Avevo perso mia sorella e guadagnato un mostro a due teste che non smetteva di cucinare e baciarsi. Poi ho visto che anche la piccola stava diventando come me. L'ho vista copiare i miei atteggiamenti. Sono dovuta andare via da lei. Non potevo farla crescere con il mio esempio. Lei no, lei doveva essere felice e innamorata come la mamma, non doveva uscire come me. Lei non doveva stare male.

– Eppure al ristorante mi ha accolto col sorriso, lo ricordo benissimo – cercò di tranquillizzarla Louis.

– Quella è la solita messinscena che parte tutte le sere – sorrise sentendosi scoperta. – Ho imparato come gestire quei lati di me.

Le pupille di Veronique smisero di sguazzare nelle piscine degli occhi e tornarono a riva.

– Ero da qualche parte in Messico, penso. A fare un rituale che più che altro era un espediente per drogarmi e staccare per qualche giorno. Avevo lasciato il telefono nella tenda. Quando lo riaccesi la segreteria telefonica era invasa di messaggi di mia sorella. Greta era diventata molto simile a me, ma si era spinta ancora più in là. Aveva cercato non so quante volte di ammazzarsi, senza mai farcela. Le mancava come una spinta finale, per raggiungere il successo. Aveva ingerito pillole scadute, tagliato vene con l'angolazione sbagliata, stretto corde attorno al collo ma dimenticato di fissare l'altro capo. Insomma, ci aveva provato davvero e per tanto tempo! Danielle non sapeva più cosa fare. Ok, era sempre un po' maldestra, ma se andava avanti così prima o poi ci sarebbe riuscita. Così si ricordò di me.

– Io, non sapevo… non so cosa dire.

– E che devi dire? Va bene così. Ho mollato droghe e orge, ho lasciato la tendopoli e sono tornata a casa. Quando sono arrivata ho guardato Greta. C'era qualcosa di rotto negli occhi della bambina che avevo lasciato anni prima. Era completamente vuota. Incapace di sorridere, parlare per più di pochi secondi. Ci stava provando da anni e aveva l'aspetto più rassegnato del mio dopo dieci in giro a farmi. Mi ci volle non so quanto tempo per riuscire a farla aprire e fidarsi e l'unica cosa che alla fine ci unì, fu lo sfottere i genitori. Sempre a baciarsi e darsi nomignoli. Dovevi vedere Danielle, come cambiò quando la figlia tornò a sorridere. Ma avevamo paura, metti che tornava a provarci di nuovo? Potevamo fidarci? Io non lo sapevo. Allora dissi a mia sorella di questo posto, di quello che avevo sentito dire...

– Per questo vi siete trasferiti qui?

– Amo mia nipote con tutta me stessa. La amo perché è imperfetta. Cupa. Arrogante e sfacciata. Sporca e lucente. Valeva la pena di fare un tentativo. Un posto dove nessuno muore, suonava troppo bello. Furono i Zanotti a parlarmene.

– I sopravvissuti del volo delle Mauritius!

– Loro. Eravamo alle Mauritius. Ci tornavano ogni anno dopo l'incidente. Era la loro tappa obbligata, per onorare quelli che non ce l'avevano fatta. Gli chiesi come riuscissero a salire ancora su un aereo, dopo tutto quello che avevano passato e loro mi dissero che non avevano più paura di morire, perché adesso vivevano in un posto sicuro. Sentii per la prima volta il nome "Oasi del tempo". Un villaggio dove si invecchia e basta.

Una crepa si aprì nel cuore di Louis.

– Tranne per la mia Magda.

– Devi stare proprio antipatico a qualcuno...

– Ci penso da dieci anni, quando gli altri spengono la luce vicino al letto e si addormentano assieme. Nelle proprie case. Assieme si svegliano. Fanno colazione.

Escono in giardino. Dieci anni che mi guardano impietositi. Che li caccio mentre sistemo i miei gnomi.

– Tu e i tuoi gnomi.

– Che dovevo fare con tutti quegli gnomi caduti in giardino? Mica li potevo buttare via. Volevo infastidire gli altri, con la loro vita perfetta, mentre la mia era diventata zuppe riscaldate in silenzio e giornate passate a ricordare la mia Magda.

– Chissà, forse non sei tu. Magari era Magda a stare sulle scatole a qualcuno.

– Bugia!!! Lei era buona. Può essere che le rane e le zanzare le avessero fatto perdere qualche simpatia ma no, lei era stupenda. Benvoluta. Era tutto, per me.

Veronique allungò una mano verso l'ammasso di rughe che era quella di Louis e la strinse.

I due si sorrisero.

– La salverà?

– Il medico? Certo. Se è in vena farà il suo solito miracolo.

– Quello che doveva fare con Greta, fosse mai servito.

– Quello che non fece con Magda.

Strinsero più forte le mani e le mollarono l'istante dopo, quando Greta gli si palesò davanti, avvolta in un manto bagnato di lacrime e sudore.

CAPITOLO 17

Un paio di anni prima

– Dorme?

– Sì. Finalmente.

– Sei stata stupenda amore mio.

– Anche tu mio dolcissimo tesoro. Con un padre come te, Greta ha davanti un futuro radioso.

– Mi permetto di dissentire, mia nuvoletta rosa, è il tuo essere una madre eccezionale che sta gettando le basi per farla diventare una donna incredibile.

– Ti amo Tobias.

– Anche io Danielle, dal primo giorno in cui questi occhi si sono posati su di te.

– Oggi ci stava quasi riuscendo, sai? Ha preso uno dei tuoi coltelli da cucina. Per fortuna il taglio era piccolo e sono riuscita a fermarla in tempo.

– Devo sbarazzarmi di quei coltelli, sono un pericolo! Se solo ci fosse un altro modo per tagliare le cose… ho visto una macchina che rende tutto automatico! Sembra incredibile! Taglia i würstel in pochissimi secondi, non ci credi, costa un po' ma se la prendiamo poi possiamo eliminare i coltelli…

– Non possiamo sbarazzarci di ogni oggetto che abbiamo in casa, Greta troverebbe sempre un modo per provarci. Non voglio dover inchiodare le finestre e mai più aprirle solo per evitare che lei decida di saltarci fuori. Dobbiamo fare qualcosa, mio unico sentimento di amore eterno.

– Hai ragione, mia dolce torta di carote. Ma cosa possiamo fare?

– Stavo pensando, potrei chiamare Veronique. Loro due sono sempre andate d'accordo…

– Ma Greta era una bimbetta! È cambiata moltissimo da allora, chissà se si ricorda ancora di lei.

– Mi ha chiesto della zia prima di addormentarsi, certo che si ricorda.

– Non lo so, splendore dei miei occhi. Veronique manca da anni, non sappiamo cosa abbia fatto e come sia diventata…

– Voleva scoprire il mondo, andare lontano, non è una colpa. Sono sicura che è ancora la stessa persona che giocava per giorni interi con Greta.

– Se lo dici tu, mia delicatezza.

– Ho bisogno di aiuto, Tobias. Ne abbiamo bisogno. Quattro occhi non bastano. Ne servono due esterni e capaci di darle una prospettiva nuova. Le manca questo, temo.

– Hai ragione. Hai sempre ragione, amore mio. Prova a chiamarla…

Dieci anni prima

L'autostrada era sgombra come i pensieri nella testa di Abdul. Un ultimo tratto da percorrere e poi sarebbero finalmente arrivati dei meritati giorni da passare in casa con i figli e la moglie che da troppo tempo non vedeva. Era facile convincere Abudi (così veniva chiamato da amici e colleghi) a fare straordinari. Aveva sempre bisogno di soldi e amava sentire lo scorrere veloce dell'asfalto sotto le ruote del tir, mezzo che aveva comprato grazie alla vendita della casa dei genitori e su cui aveva investito tutto. L'abitacolo pullulava di fotografie delle varie fasi di crescita dei tre figli maschi, statuine religiose con illuminazione al neon, collane lunghe, colorate e tintinnanti pendevano dallo specchietto retrovisore, una pila di confezioni vuote di hamburger giaceva sul sedile del passeggero e, poggiata per terra, la bottiglia per le minzioni d'emergenza.

In viaggio senza fermarsi da dodici ore, la tratta finale era diventata improvvisamente più noiosa del solito. Odiava quella parte dell'autostrada perché era sempre vuota, come se nessuno avesse voglia di giungere in quelle zone e in effetti avevano ragione. Il lago poco distante era una palude maleodorante dove ogni tentativo di balneazione veniva accantonato se non eri coraggioso o vaccinato abbastanza. L'attrazione turistica costruita su misura – una gigantesca palla di elastici – non valeva la pena di intraprendere l'uscita dedicata. "Ma che cavolo gli salta in mente alla gente qua?" si domandò Abudi guardando il cartello che promuoveva quello stupido investimento economico.

Le mani erano fisse sul volante, lo sguardo impassibile sulla linea bianca tratteggiata che fluiva affidabile al suo fianco. Mancavano gli ultimi chilometri e il suo altrettanto stupido carico sarebbe stato consegnato. Lo aveva incuriosito subito la natura insolita di questo trasporto. Il modo singolare con il quale ottantatré gnomi da giardino erano stati imballati e caricati sul suo mezzo. Il lauto compenso che gli era stato promesso se avesse fatto in tempo, attenendosi precisamente a una tabella di marcia consegnatagli da un eccentrico personaggio che aveva preferito restare nascosto dietro al nome della ditta, senza mai rivelare il proprio. "Giardini, Ornamenti & Decorazioni" giganteggiava come intestazione del foglio che leggeva con ammirazione.

Stava per giungere all'unico elemento non lineare del percorso stradale: una curva appena pronunciata verso destra dietro la quale compariva la cuspidea collina adornata di fatiscenti alberi dal colore spento. Conosceva a memoria quel pezzo, dopo gli sarebbe servita solo un'ora per giungere a destinazione e pochi minuti per poi arrivare a casa, motivo ulteriore che lo aveva spinto ad accettare il lavoro offertogli all'ultimo secondo. Una sospetta quanto conveniente casualità, la vicinanza tra l'indirizzo di consegna e l'abitazione di Abudi.

Assaporava già la cucina della moglie, la immaginava intenta a estrarre il pollo dal forno e sistemarlo sulla tavola mentre i tre prodotti del loro amore la aiutavano ad apparecchiare. Il più piccolo aveva preparato una breve poesia da leggere al padre e la stava recitando guardando il proprio riflesso nello specchio, per essere sicuro di eseguire un'ottima performance. Il più grande spostava le sedie, allargava il tavolo come si faceva solo durante le grandi occasioni, disponeva con ordine i piatti contenenti i contorni preparati dalla madre, chiudeva gli occhi e respirava a pieni polmoni il profumo avvolgente delle patate. Il figlio mediano, quello che ancora doveva capire il suo ruolo nella famiglia, disegnava sagome di animali domestici nella condensa delle finestre in cucina. Abudi riusciva a immaginarsi fuori dalla sua dimora, nel giardino che avrebbe finalmente avuto tempo di sistemare. L'unico problema di questo innocente tuffo nei ricordi fu la sua durata. Era tutto talmente verosimile che aveva concesso senza remore alle palpebre di calare, mentre il piede si appesantiva sopra l'acceleratore. Era stato rapito, attratto come un gatto randagio dall'odore del pesce di un ristorante vicino al porto. Non riusciva a emergere dalla visione accogliente del posto a lui più familiare e dove adesso era stato confinato. Una forza di dimensioni insostenibili lo stava attraendo e lui non opponeva nessuna resistenza.

"Nessuna resistenza" fu anche l'atteggiamento adottato dagli alberi della collina che ora venivano falciati in massa da un tir lanciato a velocità folli. Il volo, l'atterraggio verticale, la fine di Magda (e delle rane), l'urlo straziante di Louis, la scenografica pioggia di gnomi da giardino. Il tutto era appuntato in una nota a calce nel foglio di accompagnamento ricevuto per l'incarico, un particolare a cui Abudi non aveva dato importanza e ritenuto non degno di essere letto e che sicuramente lo avrebbe indotto a rifiutare l'offerta economica, seppur cospicua, che quella bizzarra ed esuberante signora gli aveva fatto senza scendere dalla sella della sua Vespa azzurra e sgangherata.

Ancora un paio di anni prima

L'effetto dell'ayahuasca aveva lasciato segni sulle aspettative di Veronique. Sembrava che oramai nulla fosse più in grado di farla sentire così vicina alla morte, alla rinascita, all'avere le mani traboccanti di vita. Il peyote assunto qualche ora prima era solo una pallida imitazione. Un'esperienza minore e dimenticabile. Tutto veniva oramai paragonato a quel momento dove il cuore aveva smesso di battere e l'ossigeno aveva abbandonato i polmoni. Il cervello, per la prima volta in un'intera esistenza, aveva taciuto, spaventato anche lui dall'idea di non tornare indietro. Ritorno che invece fu improvviso, vomitando ogni fluido corporeo (insieme ai pensieri) nella vasca da bagno, nella tazza del cesso, nel lavandino, per terra, sul divano. Si ripeteva che se fosse sopravvissuta a quell'esperienza mai più si sarebbe sottoposta a tale martirio. Invece, a distanza di mesi, quello era tutto ciò che stava cercando in ogni altro angolo del pianeta. Aveva lasciato il Venezuela e ora si trascinava da una città all'altra del Messico senza una meta precisa. I capelli erano un groviglio indistricabile e ogni nodo corrispondeva a un momento appuntato durante il suo viaggio decennale. Si risvegliò sudata nella tenda, tra i fumi e vapori dello sciamano che le ripeteva qualcosa in spagnolo, forse di lasciare la quota pattuita nell'apposito contenitore all'entrata della tendopoli. Veronique era delusa ma ancora abbastanza fatta. Le gambe la sorreggevano a stento. Si gettò sul sacco a pelo in terra e cercò in borsa una traccia di sé. La trovò nel diario degli appunti, dove annotava ogni tentativo di annullamento. Aggiunse un nuovo capitolo dal titolo "Delusione n. 32" terminandolo alla solita maniera "Tristemente, resto viva e continuo la ricerca". Nel riporre il diario al suo posto la sua attenzione cadde su un oggetto dimenticato, il telefono portatile, che accendeva solo per scrivere alla sorella degli sms molto distanti dalla realtà, in cui sprizzava di gioia e raccontava di luoghi fantastici visitati, cibi mangiati, persone conosciute, senza mai accennare a quanto l'abuso di sostanze influenzasse (e spesso sostituisse) la veridicità di ogni parola digitata. Lo accese e aspettò che la linea si connettesse. Una cascata di campanelle tintinnanti le fece chiudere le orecchie per proteggersi. Quarantatré messaggi, uno dopo l'altro, le spiegavano approssimativamente i gesti compiuti da Greta in quelle settimane. Niente di nuovo, ci era passata anche lei e sapeva che non c'era troppo di cui preoccuparsi. Si sentì anzi rassicurata perché ogni tentativo era così modesto da ritenerlo quasi tenero, un sorriso nostalgico le solcò il viso quando lesse del modo a dir suo innocente con cui Greta aveva usato la lama sui polsi. Fu il quarantatreesimo messaggio a spazzarle via dal volto ogni tono tenue. "Ti prego. Torna. Da sola non ce la faccio." Era la prima volta in non si ricordava quanti anni che Danielle si definiva sola e chiedeva il suo aiuto, senza citare Tobias, l'uomo che le aveva cambiato la vita rendendola un essere a due teste. Se la sorella era arrivata a tanto, voleva dire che qualcosa si era spezzato. Doveva fare ritorno. Aveva di nuovo uno scopo.

Racchiuse i lerci averi nello zaino da viaggio e sollevò il telefono.

"Danielle. Torno. Faccio prima un'ultima cosa che se ti dico che l'ho vista mentre ero strafatta mi prendi per pazza però è così. Arrivo. Stai vicino a Greta e dille che sto tornando."

Strinse il biglietto aereo destinazione Mauritius e lasciò la tendopoli, lo sciamano non la sentì mentre infilava in borsa il contenitore delle offerte. Si allontanò senza salutare i suoi compagni d'avventura che adesso, mentre si voltava per guardarli un'ultima volta, le sembravano solo un branco di deficienti persi nelle conseguenze del peyote.

Un po' meno di dieci anni prima

– Louis, scusami. Louis. Ci sei?

Louis era seduto sulla sedia in giardino, dando le spalle all'ingresso, immobile come una statua in cui era stata scolpita ogni pena provata nella storia dell'umanità.

– Scusami Louis. So che non è il momento giusto. Anzi, ancora, sono mortificata. Magda, morire così. Non ho parole.

Lo sguardo di lui era fisso sul gigantesco solco lasciato dal tir. Di lato le tracce della rimozione del mezzo. Un lavoro compiuto senza troppa cura che aveva sfigurato il prato e divelto parte della staccionata. La vasca delle rane era solo un lontano ricordo, tuttavia era rimasta una poltiglia dove si confondevano cadaveri di anfibi, insetti, piante e melma.

– Louis. È una tragedia. Non c'è altro modo per descrivere quello che…

– Cosa vuoi. – disse gelido Louis con una voce che pareva inutilizzata da secoli.

– Io volevo sapere, insomma, scusami è davvero una cosa piccola, se avevi visto Vasco…

– Vasco?

– Il mio gatto, nero dal pelo lungo, viene spesso a trovarvi, a cacciare le rane…

– Non ci sono più, le rane.

– Sì certo, lo vedo. Manca da un paio di giorni e ho pensato fosse passato di qua, gli piaceva tanto venire qua.

– Non è passato. Va' via.

– Scusami Louis, mi dispiace davvero tantissimo. Se vuoi parlare, o solo passare del tempo con qualcuno, casa nostra è sempre aperta.

– E perché dovrei? Per guardarvi insieme, ancora, dopo tutti questi anni. Mentre cenate insieme. Ancora. Per avere i vostri occhi puntati su di me. A commiserarmi.

– Sai benissimo che non ci permetteremmo mai di…

– Taci! Dove eravate quando avevo bisogno? Non siete venuti neanche al funerale. Nessuno è venuto. La sera però siete andati al ristorante. A dormire insieme nei vostri letti, mentre io andavo nel mio da solo.

– È stato un errore. Non me la sono sentita. Era troppo per me. Non era previsto, non sapevo come affrontare la morte di Magda. Non doveva succedere. Non è mai successo, non è quello che ci avevano promesso.

– Invece è successo e sono rimasto solo.

– Vorrei dirti che posso capire, che ti sono vicina.

– Nessuno può capire! Sono l'unico qua dentro ad aver perso qualcosa! Che cosa hai mai perso tu? Quel tuo stupido gatto: Basco!

– Non ti permettere Louis, non sai niente di me. – Petra Dorisz poggiò una mano sopra l'ombelico, ripensò a tutti i figli mai nati e iniziò a piangere – Tu non sai cosa ho perso io.

Louis non sapeva come rispondere a tale reazione. Era ancora ben lontano dal capire come gestire il silenzio e assolutamente non pronto a utilizzare un briciolo di empatia. Così, dopo qualche istante, rovinò tutto aprendo la bocca.

– Dovresti prendere altri gatti, allora.

– Scusa? – rispose incredula Petra.

– In caso decida di non tornare. Di gatti puoi averne quanti ne vuoi. Di Magda ne esisteva solo una.

– Louis, mi dispiace.

– Anche a me. Dimentico sempre che non bisogna argomentare con una donna, che troverà sempre un modo per rigirare tutto e farti sentire uno straccio. Lo faceva anche la mia Magda. Come rigirava lei le cose… – accennò un timido sorriso e finalmente rivolse lo sguardo verso Petra.

– Era speciale. Le volevamo tutti bene – disse Petra con tutta la dolcezza che aveva in corpo.

Il contatto tra i due durò troppo poco, dopodiché per Louis divenne insostenibile e fu costretto a tornare a ripararsi nelle tenebre dei suoi pensieri.

– Se vedo il tuo gatto ti avviso, ma senza rane, dubito che tornerà. Magari è su qualche albero. Gli piace arrampicarsi.

– Grazie Louis. Guarderò sugli alberi, hai ragione. Tu fatti vedere, esci dal giardino un po'.

– Sistemo gli gnomi ed esco.

– E passa a trovarci, ci beviamo un tè.

– Passerò a trovarvi.

– Prometti?

– Promesso.

Ci vollero dieci anni prima che i Dorisz e Louis Cylfer tornassero a parlare.

CAPITOLO 18

Pulire i piatti e lavare le superfici della cucina erano i suoi più grandi talenti. Certo, talvolta aveva piacere nel servire i tavoli e scambiare qualche parola con i clienti del ristorante, ma la cucina era il suo territorio. Pulire, lavare, lucidare, disinfettare, rassettare il caos creato dal padre, era in queste dinamiche che Greta aveva trovato una ragione di esistere nei retroscena dei pasti degli anziani frequentatori.

Le piaceva sperimentare con i solventi che riusciva a reperire nel reparto decentemente fornito del supermercato locale. Mescolando per ore durante il tempo libero, aveva ottenuto una formula dalle prestazioni rivoluzionarie. Attualmente, con un solo prodotto, era in grado di sgrassare ogni macchia con una semplice passata. Le tracce di olio non erano più un problema. Nemmeno quei fastidiosi avanzi di pomodoro sulle pareti. Tutto andava via grazie alla precisione con cui Greta usava stracci, spugne e strofinacci.

Le sarebbero bastati pochi minuti per ripulire la cucina dal sangue della madre, non fosse che la vista del corpo mutilato ed esanime sul pavimento aveva stroncato in lei ogni capacità motoria.

Era rimasta immobile nell'anticamera dell'ingresso alla cucina. I suoi occhi spalancati si erano rinsecchiti, non secernendo più alcuna lacrima. La bocca era rimasta aperta, asciutta, nessuna parola era stata proferita. Il naso aveva chiuso i battenti davanti all'odore ferruginoso del sangue. Il cervello mandava in onda un loop infinito di immagini: tutte le volte in cui era stata lei a trovarsi in quella posizione. Per terra, vestita del proprio sangue. Le volte in cui la madre era stata costretta ad assistere a quello spettacolo, cercando poi di salvarla. Greta si riconobbe nel corpo della madre e rimpianse di non essere al suo posto.

I singhiozzi del padre cessarono quando si rese conto dell'arrivo della figlia. Asciugò le lacrime in volto con le mani sporche di sangue, creandosi una maschera carminio scuro, come un primitivo pronto per partire alla caccia di una qualche preda con cui sfamare il suo branco, sperando nella benevolenza di una divinità brutale.

Si alzò e abbracciò la figlia, cercando di riportarla alla realtà. La strinse così forte e così a lungo che per lei fu naturale svenire in quell'abbraccio. Tornò a respirare qualche secondo dopo ed eruppe nell'urlo più lancinante mai emesso da una creatura terrena.

Insieme alla zia si adoperò per ripulire le superfici cosparse dai brandelli di pelle, carne e liquami. Durante l'atto, era più simile a un automa che a un essere umano. Con l'ausilio della pompa del lavello fece scendere nello scolo al centro della cucina tutto il sangue accumulato sul pavimento e andò a liberarlo dalla poltiglia quando si intasò la prima volta. Trovò la fede nuziale della madre, tolse il guanto in plastica e la indossò.

Il padre stava avvolgendo la moglie nelle lenzuola rimosse dal loro letto matrimoniale, cantando una dolce melodia con un filo di voce. Si fece aiutare per trascinare il cadavere nella cella frigorifera e disporlo nella maniera più confortevole possibile. Anche troppo per un cadavere che comunque non si sarebbe potuto lamentare della scomodità della posizione, finché versava nella condizione di cadavere per lo meno. Condizione che si sperava sarebbe cambiata a momenti, non appena il medico li avesse degnati della sua presenza.

Il padre e la zia sapevano e speravano. La loro fiducia stava venendo ora messa alla prova. Greta aveva indagato, seguito i suoi istinti. Sospettava ma adesso quei sospetti erano diventati dubbi colossali. Aveva paura di essersi sbagliata. Di essersela presa con la persona sbagliata. Di aver rovinato tutto a causa della sua curiosità.

La cucina tornò a essere presentabile quando il sole decise di sorgere. I tre uscirono in giardino riportando sulle loro vesti ogni goccia di quella orribile nottata.

– Non era lontana. Doveva arrivare ore fa – disse Greta.

– Qualcuno l'ha chiamata? – chiese Tobias.

– Sì, ho lasciato un messaggio nella segreteria quando ho sentito che non c'era linea – rispose fiacca Veronique.

– Ci ha messo pochissimi minuti a venire dagli Agavigni quando l'hanno chiamata. Non capisco. Ha delle preferenze? Ci vuole ignorare? Forse non siamo degni di lei?!

– Calmati Greta, magari era stanca, vedrai che adesso arriva – cercò di rincuorarla il padre.

– Oppure ha deciso di fare come fece con Magda – gelò ogni speranza Veronique, fortemente influenzata dalle parole di Louis.

Greta tornò in casa e ne uscì pochi istanti dopo indossando una giacca diversa e pulita. I suoi stivali neri schiacciavano violenti la ghiaia della strada e la stavano portando fuori dal giardino.

Gli abitanti del villaggio si stavano svegliando, ricordando a malapena gli avvenimenti della sera precedente. In un susseguirsi di giornate sempre uguali, come sistema di difesa, ogni novità scioccante veniva cancellata dalla memoria. Alcuni stavano preparando una pigra colazione senza zuccherare il caffè, altri tostavano il pane, ma solo quelli che avevano già indossato le dentiere. Greta bussò irrispettosamente alla porta di una famiglia intenta a fare colazione e rimuovere ogni ricordo.

– Dove è andata? Dove?!

– Chi è… cosa vuole… oh no… ancora lei…

– Filippo Guglielmoni! Che piacere vederla tra noi! Allora avevo ragione. Ora se gentilmente mi spiega che fine ha fatto quella orribile megera.

– Signorina Greta, non credo di essere disposto ad aiutarla sa, con i suoi precedenti…

– Signor Guglielmoni! Le ho già chiesto scusa. Sono mortificata per averle spezzato in due la schiena ma come vede eccoci qua, lei oggi sta bene, fresco come una rosa. Mia madre invece è arrotolata in un lenzuolo e la stiamo conservando nel congelatore del ristorante. Ora, se gentilmente vuole spiegarmi come mai il medico è stato qua e l'ha riportata tra noi e invece ha bellamente ignorato la povera vittima di un mostruoso incidente, mi aiuterebbe molto.

– Io, non ricordo molto di ieri, mi sono svegliato da poco, con un gran male alla schiena.

– Sì come ho detto, quello è colpa mia. Dove è il medico?

– Non è qua, questo è sicuro. Stiamo per fare colazione siamo solo io e mia mog…

Una mano appartenente a una donna in vestaglia spinse Filippo Guglielmoni di lato e inserì nel discorso una lama lucida brandita ad altezza uomo.

– Vai via dannata! Cosa vuoi ancora dal mio Filippo? – disse Annalisa Guglielmoni furiosa.

– Signora Guglielmoni innanzitutto buongiorno! Le porgo ancora le mie più sentite scuse per lo spettacolo a cui è stata costretta ad assistere ieri sera. È colpa mia, lo ammetto. Avrei dovuto calcolare meglio le conseguenze delle mie azioni. Prometto che la prossima volta avrò maggiore cura…

– La prossima volta??? – Annalisa sventagliò il coltello da cucina freneticamente, tagliando l'aria che la divideva dalla giovane mancata omicida del marito.

– Chiedo ancora scusa! Parole sbagliate! Sono giusto un po' stressata, non ho chiuso occhio stanotte, ho passato le ultime ore a togliere resti di mia madre dalle pareti della cucina. Gentilmente, potrebbe dirmi che fine ha fatto il medico?

– È andata via.

– Come via?

– Sì! Ha aiutato il mio Filippo, ha salutato ed è salita sulla Vespa poco dopo – disse sollevando il naso.

– Non capisco. Mia zia l'ha cercata. Ha chiesto il suo aiuto.

– Il medico fa quello che vuole. Decide lei dove andare, chi aiutare.

– Dove è andata?

– E che ne so io! Sarà tornata a casa. Ora se ci vuole lasciare in pace, il tè sarà oramai pronto e odio doverlo bere quando la bustina resta troppo in ammollo. A mai più rivederci, signorina.

Greta rimase impassibile mentre la porta di casa le veniva sbattuta in faccia. Sentì provenire da dietro un timido "Arrivederci signorina Greta" pronunciato da Filippo Guglielmoni che ora veniva trascinato con forza verso l'ostentata normalità di una colazione riparatrice.

Il giardino di Louis era pallidamente illuminato da un sole stanco, come se la notte appena passata fosse stata traumatica anche per lui. La luce perpendicolare impediva agli gnomi di proiettare le proprie ombre, rendendoli piatte pedine su una scacchiera invisibile. Tobias era seduto al suo fianco e guardava un punto preciso nel nulla dei suoi pensieri.

– Arriverà il medico. Vero?

– Lo sta chiedendo alla persona sbagliata.

Ci fu un lungo silenzio.

– È vero. Almeno questo può dirmelo: smetterà di fare male?

– Davvero io non capisco come fate voi della vostra famiglia a pensare io abbia parole di conforto. No. Non smette mai di fare male – capitolò Louis sollevando le spalle.

– E allora?

– Si impara a convivere, con il dolore – la voce di Louis invecchiò diventando tutt'uno con la sua età.

– Io, non voglio.

– Nemmeno io volevo, ma è stato l'unico modo per andare avanti.

– Non so se voglio andare avanti. Non so se andare avanti ha senso.

– Ho pensato la stessa cosa, non sa quante volte. Ma se non andavo avanti, avrei perso tutto quello che Magda mi aveva lasciato. Un'infinità di ricordi sarebbero scomparsi se non mi fossi preso cura di loro. Il suo sorriso. Quanto amava cucinare la zuppa. Tutto sarebbe andato. Senza di me non ci sarebbe stata più nessuna traccia di lei e così ho fatto, ogni giorno, per dieci anni. L'ho ricordata e tenuta viva in me.

– Dieci anni. Sono tanti. Non sono passate neanche dieci ore. Io, non credo di essere in grado, anzi no, io non sono in grado di farcela.

– E va bene così. Non dobbiamo farcela per forza. Non c'è un premio per chi ce la fa.

– Ma io ho mia figlia, Greta.

– Ah non si deve preoccupare per quel demonio! È così ostinata che sono sicuro si stia già dando da fare, anche al posto suo.

– Ho bisogno di stare un po' fermo.

– Faccia pure. Non abbiamo fretta.

Tobias notò finalmente gli gnomi che erano disposti davanti ai suoi occhi.

– Sono stati loro, a uccidere sua moglie, vero?

– Non proprio direttamente loro. Il tir che li trasportava. Loro erano solo dei passeggeri ignari.

– Li ha conservati.

– Sono penitenti. Un monito a ciò che mi è stato portato via.

– Io non ho capito come sia successo. La macchina, è impazzita. L'ha risucchiata dentro. Aveva preso vita propria. L'apertura non è grande a sufficienza per far entrare una mano, al massimo un dito, era scritto sulle istruzioni. Le abbiamo lette insieme. Non capisco. È diventata una bestia. Ha spalancato le fauci. Un turbine di lame. Tutto quel sangue. Danielle è stata trascinata dentro e se non l'avessi afferrata in tempo sono sicuro che avrebbe divorato molto più di un braccio. Non ha senso. Io… non capisco.

Louis vide sé stesso in quell'uomo più giovane e altrettanto devastato. Si domandò se fosse possibile che il suo amore fosse ancora più grande di quello provato da lui, se il suo essere andato avanti fosse la dimostrazione dell'aver messo sé stesso al primo posto. Si scrollò di dosso il dubbio quando Tobias tornò a parlare.

– Sa cosa piaceva davvero tanto a Danielle?

– Me lo dica.

– Le tovaglie. Adorava le tovaglie. Farne. Comprarne. Era la sua più grande passione. Io non l'ho mai capita ma dopo un po' vedevo che davano un tocco di classe al locale. Ogni tavolo era unico grazie a questo gesto di cura. Vero?

– Assolutamente sì, ricordo benissimo – mentì palesemente Louis. – Che altro ricorda?

– Adesso non lo so. Mi dia del tempo, per favore. Se non le spiace, vorrei stare seduto con lei.

– Faccia pure. Questo giardino è il contesto ideale per ricordare. È un orto di memorie.

Louis accolse Tobias. Il maestro di vedovanza iniziò la sua prima lezione stando in silenzio con le mani raccolte. Il discente appena arrivato fece altrettanto, mimando la postura, aggrappandosi a ogni minuscola possibilità di poter prendere pausa anche per un solo secondo dal trauma recente.

– Hai portato tutto?

– Tutto quello che ha chiesto, signorina Greta!

– Dove sta?

– Nel minivan!

– Fammi vedere.

Rodolfo aprì le portiere posteriori scoprendo così il ricco contenuto.

– Ok. Sono a dir poco sorpresa. È molto più di quanto mi aspettassi! – disse Greta asciugandosi il sudore dalla fronte.

– L'ha detto lei signorina, tutto quello che riuscivo a farci entrare.

– Sono orgogliosa di te.

– La ringrazio signor...

– Se mi chiami ancora signorina ti prendo a schiaffi. Abbiamo scopato. Credo che possiamo mettere da parte i convenevoli.

Rodolfo divenne rosso al pensiero delle due volte (che in realtà fu solo una) in cui aveva avuto l'occasione di entrare in intimità con Greta.

– Hai ragione. È che ho paura di mancare di rispetto...

– Datti una calmata. Non sei così male come credi. Mi sei stato vicino prima e sei qua adesso.

– È l'unica cosa che so fare. Non sono capace di molte altre cose.

– Sei capace a sufficienza.

– Grazie.

I due si sorrisero. Rodolfo si avvicinò con gli occhi socchiusi, ritenendo che quello fosse un segnale ovvio di invito al baciarsi ma Greta guizzò il più lontano possibile.

– Piano, piano, bello mio. Mia madre è appena stata trucidata da una macchina assassina e il medico che doveva salvarla risulta scomparso. Prima di qualunque altra cosa, io e te abbiamo da fare. Ora aiutami. Prendi quella tanica e fai come faccio io.

– Certo. Scusa. Sono stato insensibile signorina Greta.

– Chiamami ancora un'altra volta signorina e do fuoco anche a te. Occupati di ogni mobile in casa. Ogni elemento in legno. Ogni stanza, pavimento, tenda, letto, armadio, sedia, cospargilo per bene.

– Ma, non è pericoloso?

– Spero sia estremamente pericoloso. Devo attirare la sua attenzione. Questa è guerra e l'ha voluta lei.

– Va bene. Come vuoi. Vado al piano di sopra?

– Bravo, io inizio dalla sala d'aspetto. Ci incontriamo in cucina non appena hai finito.

Greta fissò la scarsa riproduzione di una famosa opera di Van Gogh dove aveva in precedenza avuto la visione della madre morente. "È proprio fatta da cani. Non capisco come qualcuno possa appendere un simile obbrobrio" diceva mentre rovesciava litri di benzina, sciogliendo la pittura. Notò che non c'era nessuna differenza tra quel momento in cui realmente era presente nella stanza e la visione a occhi aperti che aveva avuto. Questo la fece rabbrividire ancora di più perché ora sapeva di essere stata rapita nella sua immaginazione da qualcuno che aveva voluto portarla lì.

I due apprendisti piromani si incontrarono in cucina come concordato.

– Ho fatto tutto.

– Bravissimo. Manca solo la cucina allora.

– Tutte queste ceste di vimini, prenderanno fuoco in un istante.

– Tutto il mais che c'è qua dentro.

– Tantissimo popcorn.

– Ho già l'acquolina in bocca...

Nell'aria si diffuse un forte odore di bruciato e un appetitoso profumo di cinema, creando sensazioni contrastanti nel palato di Rodolfo. La torre di fumo che si stava innalzando e cresceva a dismisura doveva divenire il richiamo tanto sperato. Altrimenti, pensò Greta guardando le fiamme sempre più impetuose che si stavano impossessando della casa del medico, questo sarebbe stato solo l'inizio di ciò che avrebbe devastato pur di dare fastidio ad Angela.

– Adesso che si fa?

– Si aspetta che il pesce abbocchi. Portami a casa per favore, mio padre ha bisogno di me.

Gli occhi di Greta brillavano di una luce nuova. Accecante. Il desiderio di vendetta aveva innescato in lei una consapevolezza che la rendeva un'autorità assoluta per Rodolfo, che annuì e fece la cosa che gli riusciva meglio. Obbedire.

CAPITOLO 19

– Sono scappati via. Tutti! Proprio ora che mancava un nonnulla a finire la piramide! Chissà dove li avete fatti andare. Pietro l'ho ritrovato non troppo lontano, sotto shock. Tremava terrorizzato, poverino. Quell'asino non ne aveva viste abbastanza, no? Pure un incendio adesso. Suvvia, siete stati proprio crudeli. Era da tanto che non mi arrabbiavo così. I miei più sentiti complimenti.

Per la prima volta da sempre, il giardino di casa di Louis pullulava di persone. Rassegnato nei suoi pensieri c'era ancora Tobias, divenuto oramai parte della sedia pieghevole. Greta stava di fronte a lui, cercando di proteggerlo con l'esile corpo dalle ire del medico che aggressivamente agitava le tozze mani per fare la ramanzina. Rodolfo era in terra, aveva scampato per pochi millimetri l'impatto con la Vespa azzurra lanciata a velocità insostenibile contro la staccionata ora divelta, sfondando la parete della cucina all'apice del suo splendore. Louis guardava il caos creato dal mezzo di trasporto e sospirava pensando al lavoro che sarebbe stato necessario per rimettere tutto in ordine. Avvilito, ricordò l'altra volta in cui il suo adorato giardino fu la destinazione finale di un veicolo lanciato a velocità insostenibile e decise di rinunciare all'idea di capirci qualcosa. Guardò il solco lasciato dalle ruote sull'erba, ne analizzò la profondità preventivando già quanto tempo ci sarebbe voluto per farla ricrescere e strabuzzò gli occhi quando, seguendo la traiettoria compiuta prima dell'impatto, notò che gli gnomi erano rimasti incolumi.

– Perché non sei venuta da noi? Mia mamma è in una cella frigorifera a causa tua! – urlò Greta con quanto fiato aveva in corpo.

– Che insolenza! Cosa ti fa credere che io sia obbligata a fare tutto quello che voi chiedete?

– Non è questo il tuo compito? Non sei tu a tirare le redini di questo teatrino di villaggio?

– Io mi occupo di quello che mi interessa. In parte, mi interessa il villaggio. Non tutto il villaggio.

– Ti abbiamo chiamata. Abbiamo chiesto il tuo aiuto.

– Ero occupata a sistemare la schiena del povero Guglielmoni sempre perché tu, dannata insolente, sei incapace di comportarti bene e devi ficcare il naso dove non ti riguarda.

– Ti abbiamo aspettata tutta la notte!

– Ragazzina, forse non hai capito. Io faccio quello che voglio. Di sicuro non ho interesse a correre in soccorso di chi manca di rispetto.

– Tu… sei un mostro.

– Non userei questo tono, fossi in te.

La tensione tra le due era alle stelle. Rodolfo era tornato a reggersi in piedi ed era deciso a stemperare la situazione. Sfortunatamente, nessuna delle due donne sembrava disposta a prestare attenzione al lento postino.

– Io… credo… Sarebbe meglio calmarsi.

– Taci!!! – e quella fu la prima e l'ultima volta in cui le due si trovarono d'accordo e il tutto suonò talmente sbagliato che decisero di dissentire immediatamente.

– Questa scena, non mi pare nuova... – disse Louis sibillino – abbiamo avuto una conversazione simile dieci anni fa, io e lei, ricorda Angela?

La vicinanza dell'anziano al medico le aveva fatto increspare gli aculei come un istrice sotto attacco.

– In qualche modo lei deve sempre intromettersi, non è vero signor Cylfer? – commentò Angela Trianime palesemente disgustata.

– Anche noi abbiamo qualcosa in sospeso del resto...

Sentendosi aggredita su tre fronti, il medico alzò le mani in segno di resa.

– Va bene, va bene, va bene. Ho capito! Non sono benvoluta. Avete vinto voi, me ne vado.

– Lei non va da nessuna parte! Non finché non avrà riportato mia madre tra noi!

– E chiesto scusa per quello che non fece alla mia Magda!

– E sistemato il vialetto che porta al villaggio! Quegli scossoni fanno cadere i pacchi nel minivan e io li ripongo sempre con tanta cura e poi quando arrivo qua si rovina tutto lo stesso!

In tre guardarono Rodolfo interrogandosi sulle sue reali capacità mentali. Rodolfo ritirò la richiesta come un mollusco rientra nella tana.

– Io non devo un bel niente a nessuno di voi. Ora levatevi di torno.

– Tu da qui non ti muovi! – urlò Greta inalberandosi.

– Ragazzina. Hai idea di quante persone vogliono qualcosa da me? Costantemente? Tutti non fanno altro che chiedere, pregarmi. È intollerabile. Siete incredibili voi quando pensate che tutto vi sia dovuto.

– Io voglio solo che aiuti mia mamma, così come hai aiutato Filippo.

Il medico guardò la faccia di Greta tramutarsi da fredda roccia in tenera pesca pronta a essere colta. Stava piangendo con tutta la disperazione rimasta in corpo.

– Suvvia ragazza… diventi proprio bruttina quando piangi.

Greta asciugò le lacrime e ricompose lo sguardo gelido e feroce per cui era nota. La fiamma si riaccese.

– Rodolfo. Porta qua il pennuto.

Il postino tornò un istante dopo con un sacco di tela pensato per il trasporto lettere ora adibito al trasporto di un volatile e glielo porse. Involontariamente, gli scappò anche un accenno di inchino. Greta aprì il sacco rivelando il suo agitato contenuto.

– Kurt! Sei tu! Allora non sei scappato!

– Occupati di mia madre, altrimenti… – le mani di Greta si strinsero attorno al collo del gallo.

– Pazza! Se gli succede qualcosa come potrò terminare la mia piramide! Adesso che ci ero così vicina!

– Occupati di mia madre!!!

– Va bene! Certo! Tu però lascia andare Kurt! Non vorrei mai gli succedesse qualcosahAHAaHAH!!!

La risata beffarda e fragorosa del medico riportò Greta alla realtà, che comprese solo in quel momento la fallacia del suo piano. C'era qualcosa in quella donna dall'aspetto banale e trasandato che ora era cambiato. I suoi occhi si fecero scuri, diventando vuote feritoie. Greta si sentì sola e perse il contatto con il fluire del tempo, come era avvenuto quando aveva visto la madre mutilata e sanguinante nella sala d'attesa. Il suo fiato divenne affannoso e le parole faticavano a uscire di bocca. Le sembrò che la forza di gravità del pianeta, per qualche strano e inspiegabile motivo, avesse deciso di triplicarsi e di schiacciare tutto, pensieri compresi, verso il centro della terra.

– Tu chi accidenti sei? – riuscì a dire a stento.

– Non essere timida ragazzina. Sei convinta di sapere sempre tutto. Dimmelo tu chi sono.

– Un certo tipo di scienziato pazzo?

– Fuochino... anzi no. Brodino caldo!

Una voce distante riportò le due donne nel contesto del giardino.

– Tutto il raccolto! È andato perso! Distrutto!

– Fiamme! Non c'è più neanche una pannocchia! Giusto un po' di popcorn bruciacchiato e senza sale! – dissero i coniugi Guglielmoni appena giunti in territorio Cylfer.

– Cosa facciamo? Dobbiamo stare attenti?

– È tutto finito?

– Come si fa senza mais???

– Proprio ora che mancava così poco e imparavamo il ballo nuovo!

Il medico ignorò le domande della coppia e tornò a guardare Greta.

– Vedi cosa devo sopportare? Sempre la stessa lagna, ogni giorno. Tutti vogliono qualcosa, insopportabile.

– Chi sei? – disse Greta.

– Ancora un'altra domanda banale.

– Che cosa sei?

– Decisamente meglio ragazzina! Finalmente.

Un'improvvisa oscurità avvolse il villaggio, costringendo gli abitanti a uscire dalle loro case prive di corrente e concordare che erano meno buie dell'esterno. Il sole era in cielo ma pareva essersi andato a rifugiare dietro una coltre di spesse nubi intimorito, come un gatto che scappa sotto al tavolo quando sente un rumore molesto. L'acqua del laghetto poco distante era diventata immobile, così statica che se mai i pesci avessero saputo cosa fosse la gelatina sarebbero tutti convenuti nel dire che era divenuto come nuotare nella gelatina. Di auto sull'autostrada non c'era traccia. Gli alberi depressi sulla collina sospirarono all'unisono: "Era ora".

– Io sono il principio e la fine. La luce e il buio. L'insieme di tutto e l'assenza di ogni cosa. Sono lei, lui, coloro. La terra che sostiene e l'aria che respiri. Il motivo per cui esisti e per cui morirai. Sono il tempo eterno che cessa di scandire. Le stelle della notte, il sole del giorno. Le maree dei pianeti. Il motivo delle guerre. Il destinatario di tutte le domande. Sono l'alfa e l'omega e tutti gli altri alfabeti insieme, anche il cirillico, suvvia! Sono colui che voi tutti incontrerete un giorno. Sono il creatore.

È difficile spiegare come la notizia venne accolta dalle persone presenti.

Non ci fu sconcerto o titubanza. Nessuno si sentì di dover mettere in dubbio quello che aveva appena sentito. Fu come se tutto, finalmente, avesse senso.

Incontrare il creatore è questo. Vedere il disegno dietro ogni elemento dell'universo. Capire come ogni cosa sia connessa e notare come si incastri alla perfezione. Quindi tutti, ognuno con i suoi tempi, assentirono a una ovvia verità.

L'aspetto del medico mutò, la sagoma del corpo rimase invariata ma dove una volta c'era una persona, ora compariva uno squarcio luminoso che lasciava intravedere l'intero retrobottega dell'universo. Stelle e pianeti lontani erano a portata di mano. Una luce tenue ma eterna disperdeva raggi rassicuranti e illuminava i volti dei presenti. Un occhio galleggiava e scrutava la scena da chissà quale galassia lontana. La voce del creatore aveva cessato di essere parole ed era divenuta melodia di astri suonati da bacchette di comete su uno xilofono prismatico.

Tobias alzò lo sguardo verso l'apertura e sospirò, ne aveva viste già abbastanza nelle ultime ventiquattro ore.

I Guglielmoni strinsero le loro mani e sorrisero, felici di vedere il vero aspetto di chi si era preso cura di loro in tutti quegli anni.

Louis ebbe una lontana reminiscenza. Quel luogo, quella sfera, quelle note, lui le aveva già viste e sentite. Non ricordava di preciso quando e dove ma provava una grossa attrazione. Voleva afferrare l'occhio con le sue mani rugose e capire cosa si provasse a essere tanto potente. Assoluto. Gli venne l'acquolina in bocca e passò la lingua ruvida sul labbro inferiore. Strinse la cinta dei pantaloni e la sollevò appena sopra l'ombelico, come faceva quando si preparava a camminare per andare dal calzolaio.

Greta maledisse sé stessa e la sua curiosità. Lei voleva un nemico alla sua portata. Si era preparata tutto un discorso sulla scienza e su quanto sia sbagliato giocare con la vita e la morte degli esseri umani. Sugli umani che hanno sentimenti e non si può decidere per loro perché siamo tutti uguali e allo stesso livello e invece adesso si trovava davanti l'unica "cosa" che non sarebbe mai stata al suo livello. L'eterno. Si arrabbiò soprattutto perché la voglia di litigare non riusciva a passarle e anzi, sentendosi minuscola e inerme tutto quello a cui pensava era spaccare la faccia a quell'occhio volante. Se solo ne avesse avuta una e non tutte le stelle del firmamento a sostenerla.

Kurt scappò dalla stretta della sua rapitrice e saltò verso l'immensità oscura, scomparendo nello squarcio per sempre.

Rodolfo invece capiva a malapena quello che stava accadendo. Ispezionava lo squarcio e si domandava che fine avesse fatto la dottoressa Angela e perché non era più tra loro e pure che fine avesse fatto il gallo. Avvicinò la mano alla bocca e gli venne spontaneo urlare: "TUTTO BENE DOTTORESSA?".

Il creatore lo guardò scontento, come solo un occhio gigantesco sa fare.

– Davvero? Incontri il creatore e gli chiedi questo?

– Io non ho ben capito cosa sta succedendo…

– Povero inguaribile tonto. Che fastidio pensare che anche tu sia stato fatto a mia immagine e somiglianza. Davvero un lato di me che vorrei dimenticare.

– Dottoressa ma io…

– Shhhhh sei veramente insopportabile.

– Non capisco…

– Va bene, non ti sopporto. Non mi resta altro da fare che eliminarti. Oppure no… ho avuto un'idea migliore. Si tratta solo di cambiare un attimo la struttura della storia…

CAPITOLO 19 BIS

Il presentatore era già posizionato sulla sedia preposta e leggeva le domande scritte su minuti quadrati di carta bianca. Il teleprompter era acceso. Sulla scrivania erano poggiate due tazze, entrambe riempite con acqua di rubinetto. Lo sfondo era un paesaggio cittadino qualunque, poteva essere ogni città del pianeta illuminata a notte. Le tre videocamere studiavano l'ambiente e i tecnici della luce lasciavano convergere i fasci più importanti sul presentatore e sulla poltrona ancora vuota al suo fianco.

Un cameraman con cuffie e microfono si rivolse al presentatore: "Siamo pronti ad andare in onda in cinque, quattro, tre, ..., ...". Gli ultimi due numeri vennero solo mimati con le dita.

Scroscianti applausi diedero il via allo spettacolo.

La sala era vuota.

– Benvenuti signori e signore! Sono io, il vostro caro postino Rodolfo Andreazzi pronto a presentarvi la prima, assoluta, intervista con il creatore!

Gli applausi si fecero più forti, alcuni urlarono, altri fischiarono.

La sala era sempre vuota.

Una tenda di velluto blu scuro si aprì e comparve in scena Angela Trianime, più comunemente vestita e umana che mai. Salutò l'inesistente ma rumoroso pubblico e andò a sedersi al suo posto, stringendo la mano al presentatore.

– Che piacere averla qui! Prima di iniziare, come posso chiamarla? Angela? Dottoressa? Creatore? Altissimo?

– Piacere mio e grazie per l'invito! – (nessuno l'aveva invitata, questo intero capitolo è solo la dimostrazione che il creatore può fare quello che vuole) – Può chiamarmi come preferisce, basta solo che non usi la parola di tre lettere, quella mi infastidisce.

– E come mai, mi viene da chiedere.

– La sento ripetere costantemente miliardi di volte al giorno quando vi rivolgete a me, ma è un modo molto personale, quasi intimo e io non ho mai autorizzato nessuno a prendersi certe confidenze, per questo ne comandai il divieto.

– Non mi resta che sperare allora che per la fine di questa intervista lei mi darà l'autorizzazione! – fece l'occhiolino in camera e le risate del pubblico assente incoronarono il momento. Rodolfo risultava decisamente affabile in questa anomala veste.

– Vedremo!

I due presero in mano le tazze e brindarono, fecero un breve sorso e le riposero sulla scrivania.

– Ci aiuti a capire. Immagino che lei possa assumere tutte le forme che vuole, quando si manifesta davanti a noi miseri mortali. Perché proprio diventare una signora di mezza età con i capelli grigi e un pessimo gusto nel vestiario?

– Ah sì, avete davanti a voi solo uno dei miei infiniti costumi. Volevo provare qualcosa di diverso. Ero indecisa tra questo e il re del rock' n' roll. In precedenza sono stata imperatori, sovrani reggenti, dinosauri dal collo lungo, sirene, dittatori, ma una persona semplice e innocua mai.

– E da dove ha preso ispirazione per un costume tanto innovativo?

– Ho rubato il corpo a una maestra di matematica in pensione!

– Una maestra di matematica… quindi era tutto… calcolato!

I due scoppiarono a ridere e Rodolfo rivolse ancora un discutibile occhiolino in camera.

– Torniamo seri per un istante. Il villaggio. Lei vive non lontano e si occupa di animali, mais e anziani. Come mai questi interessi?

– Devo ammettere che gli animali sono forse la creazione di cui vado più orgogliosa. L'asino specialmente. Un essere così sottovalutato. Se solo sapeste quanto tempo ci ho messo a disegnarlo. Tutti che parlano dei cavalli, di quanto sono potenti e virtuosi. Ci ho messo un paio di minuti ed erano fatti. Ma l'asino? Non sapete quante bozze prima di arrivare al prodotto finale e cosa fate voi? Lo usate per arare i campi. Che delusione.

– In effetti non credo di aver mai passato tanto tempo a studiare i lineamenti di un asino…

– Grosso errore! Non sa quanti messaggi subliminali ho nascosto nelle linee del suo muso.

– Prometto che la prossima volta che ne incontro uno lo studio così a lungo da venire denunciato!

– La prego lo faccia!

– Lei che prega me? Che sta succedendo?!

Il pubblico stava uscendo di testa e le risate coprivano la voce dei due protagonisti.

– Senta, io ora glielo devo chiedere a costo di risultare sfacciato. Cosa c'è nel suo mais e perché proprio del mais?

– Mah, non c'è una spiegazione. Mi piace molto la forma.

– Però è il mais che fa miracoli, che riporta in vita, che alimenta la Vespa.

– Voi umani, sempre a cercare un significato nascosto in ogni cosa. Non tutto è come il bel muso di un asino. Spesso, anzi, quasi sempre, quello che faccio non ha molto senso neanche per me. Se creo le stelle però voi dovete cercare di più e vi inventate abomini come l'oroscopo. Che noia. Lo stesso vale per il mais, poteva essere qualunque altra cosa. Nessun tipo di potere risiede nel mio mais, sono io a darglielo. Lo veda come un semplice strumento. Un'altra mia creazione di cui sono molto soddisfatta.

– Mi tocca darle ragione anche adesso, i chicchi di mais sono stupendi con quel loro colore giallo intenso e poi i popcorn! Un vero colpo di genio!

– Volevo fare qualcosa che sorprendesse tutti. Mai avrei pensato che li avreste usati come snack nei cinema.

– Lei preferisce quelli dolci o salati?

– A me basta che ci sia il burro.

– Buongustaia!

– Ovviamente, amo dare i sapori alle cose! Per divertirmi ho dato sapori ottimi a cose che mai vi verrebbe in mente di mangiare.

– Non le va di dirci a cosa?

– Certo che no! Dovete andare in giro per il pianeta e assaggiare tutto! Specialmente quello che non assaggereste mai!

– Lei è proprio una burlona.

– Ho un grande senso dell'umorismo, si immagina che noia avere il potere di creare tutto e fare solo cose serie?

– Certo. Bisogna divertirsi in qualche modo.

– Altrimenti l'eternità diventa una noia mortale.

– E nel suo caso, immortale!

La sala vuota scoppiò in un ulteriore boato di approvazione.

– Ci parli un po' del villaggio, pare molto interessata a quello che accade là dentro e, mi perdoni, non capita tutti i giorni di avere l'attenzione del creatore fissa solo su una manciata di abitanti.

– Guardi, quel villaggio è una mia grande passione. L'ho creato di proposito, come un gioco per intrattenermi.

– È una cosa che fa spesso, giocare con noi?

– No no, con voi ho smesso di giocare un paio di migliaia di anni fa! Quando avete ucciso il dono più bello che vi avessi mai fatto. Lì ho deciso che mi ero prodigata abbastanza e mi sono creata un altro passatempo…

– Il villaggio però non è vecchio duemila anni, oppure mi sbaglio?

– Certo che no! Il villaggio è solo l'ultima forma assunta dal mio passatempo, che consiste, diciamo, nello sfogare le mie ire su un essere in particolare, altrettanto divino, quasi come me, con cui sono arrabbiata da non ricordo quanto…

– Mi sta dicendo che lei, il creatore, alfa e omega, principio e fine, passa il suo tempo a torturare un altro essere celeste?

– Suvvia, ora vuole farmi passare per un mostro! Era meglio prima, quando me la prendevo con voi e vi mandavo diluvi e bruciavo intere città e vi chiedevo di ammazzare i primogeniti? Dopo il fattaccio della croce me la sono messa via, è impossibile farvi imparare qualcosa da quando avete rubato il libero arbitrio. Così mi sono concentrata solo su un elemento in particolare. La mia pallina antistress, diciamo.

CAPITOLO 20

Louis sentì un dolore angosciante provenire da un punto indefinibile del cranio. Lo strinse con la mano e si accasciò sulla sedia vuota in preda all'affanno. Nella sua testa, una matrioska di ricordi veniva scoperchiata e disposta ordinatamente davanti a lui. Dalla più grande alla più misera, stava tornando in contatto con tutte le sue esistenze precedenti e comprendendo quello che le aveva accomunate. Sangue, agonia, morte e stranamente: cucchiai. Arrivato alla prima, l'origine di tutto, si vide come non aveva mai pensato di essere stato e svenne sulla sedia. Nessuno si accorse di niente. Solo il creatore che, ancora intento a rilasciare l'intervista esclusiva, ritenne opportuno riportare l'attenzione su di lui, o lei, o loro, insomma come desidera visto che tanto oramai sono costretto a eseguire i suoi ordini.

CAPITOLO 19 TER

– Incredibile, io decido di rilasciare la mia prima intervista esclusiva e vengo trattata così. Come vi permettete di tornare a dare spazio e quell'essere immondo?

– Chiedo scusa, nostro alfa e omega, l'assicuro che staremo più attenti.

– Vorrei ben vedere.

– Mi sembra di capire che ci sia dell'astio profondo verso il signor Cylfer. Vuole spiegarci perché?

– Non diamogli più importanza di quella che merita. Diciamo che sta pagando le conseguenze delle sue azioni.

– Quell'anziano signore le ha fatto del male?

– Ma non mi faccia ridere! Louis è solo l'ultima forma assunta da colui che ebbe la faccia tosta di provare a detronizzarmi!

– Non vorrà forse dire che Louis in realtà è…

– Ci siete arrivati finalmente! L'ho fatta anche facile: Louis Cylfer! Unite il nome e cognome, pronunciatelo velocemente ed ecco a voi chi è quel farabutto.

– Incredibile. Gentili telespettatori, questa è una notizia sensazionale! Non solo stiamo parlando con l'altissimo. Ma abbiamo pure possibilità di conoscere l'astro del mattino!

– Invece no! Nessuno spazio all'infame. Precipitare nelle profondità non è stato abbastanza per lui. Non si meritava di venire dimenticato, seppellito sotto al tappeto.

– Ci racconti che cosa gli ha fatto allora!

– Che dire… avevo bisogno di sfogarmi. Sono sempre stata un tipo pieno di fantasia, su questo possiamo convenire.

– Concordo pienamente, amo molto il design dell'aurora boreale.

– Uno dei miei più grandi successi. Un po' troppo commerciale per i miei gusti ma capisco. Dicevo, ho molta fantasia e molta, moltissima rabbia. Così mi sono presa qualche migliaio di anni per giocherellare con quell'abietto. Ogni tanto, quando ero annoiata, andavo a ripescarlo, lo mandavo nel mio parco giochi preferito, la terra, e passavo il tempo a rendere la sua esistenza un supplizio. Ah se mi sono divertita! Non potete immaginare le punizioni medievali a cui l'ho sottoposto. Le pugnalate. Le scorticate. Gli annegamenti! Lo mettevo capitano di una nave e di notte la affondavo. Lo rendevo muratore e lo facevo cadere dal tetto. E i cucchiai! Ogni tot esistenze lo uccidevo con un cucchiaio mentre faceva colazione. Così! Per ridere! Poi per non so quanti decenni l'ho fatto scivolare da un'altissima scogliera e misuravo quanti metri in alto rimbalzava. Era uno spasso. Ma come tutte le cose belle, prima o poi ti stanchi. Non avevo più idee nuove e mi sono depressa. Io, il creatore, l'origine, non avevo più idee! L'avevo sentito urlare "pietà" in tutte le lingue del mondo e compresi di essere stanca della violenza fisica. Ci credereste mai? Io, che scatenavo guerre solo per sentirmi un pochino più apprezzata. Così sono venuta da voi e mi sono lasciata ispirare.

– Interessante… Ci spia spesso?

– Non tantissimo. All'inizio decisamente di più, quando eravate primitivi e semplici. Mi piacevate. O vi ammazzavate a vicenda o scappavate impauriti da un fulmine. Era intrattenimento nudo e crudo. Poi però siete diventati noiosi, con le novità tecnologiche. Stavate più tempo a sollazzarvi che a intrattenermi. Quanto vi ho odiato dopo l'arrivo della televisione e di internet. Ma è stato allora che ho trovato ispirazione.

– Che intende dire?

– Ho visto quanto era facile per voi provare invidia nei confronti degli altri. Non ho mai capito questo bisogno che avete di creare nuovi idoli. Personaggi famosi. Star. Una volta erano dei regnanti, dei nobili, dei santi, ma poi vi siete messi a valorizzare l'ignoranza. A innalzare il vuoto. Nonostante io vi abbia creati tutti uguali, avete voluto sentirvi uno diverso dall'altro, uno migliore dell'altro. Più fortunato, più ricco, più bello dell'altro. Ho scoperto una nuova forma di tortura molto più sottile: marcire per l'invidia.

– Accidenti. Sto iniziando ad avere i brividi. Forse è meglio se facciamo una piccola pausa e lasciamo la parola ai nostri sponsor…

– Non ci provate nemmeno, questo è il mio spettacolo. Comando io.

– Come desidera, sua immensità. Ci dica allora, cosa ha fatto dopo aver raggiunto l'illuminazione?

– Ho dato vita al mio piano più ingegnoso. Ho creato il villaggio. Un luogo senza tempo dove un numero definito di coppie andava a passare l'eternità nell'abbraccio dell'amore. Un luogo dove nessuno poteva morire. Dove tutti sono uguali, a due a due, uniti nella routine delle giornate. Scandite sempre uguali. Tranne per uno di loro.

– Per il povero signor Cylfer!

– Come osa chiamarlo povero! Dopo l'affronto che ho dovuto subire!

– Converrà con me però che quello che ha fatto è un atto decisamente crudele.

– Figlio mio, giusto o sbagliato, bene o male, sono concetti che avete creato voi e che a me non appartengono. Io sono l'insieme di tutto, quante volte lo devo ripetere.

– Mi mette in difficoltà ora, come potrei mai controargomentare.

– In effetti…

– Mi dica solo una cosa. Ne è valsa la pena? Ha ottenuto quello che voleva?

– Per qualche tempo, sì. Vederlo struggersi ogni notte, mentre curavo e rimettevo in piedi tutti gli altri e lui piangeva la scomparsa della moglie, è stato una ventata di freschezza. Poi però anche questo ha iniziato a dare meno soddisfazioni. Il che è uno spreco. Ci ho messo molto tempo a disegnare la pianta urbanistica del villaggio. Scegliere con cura gli alberi mentalmente instabili da mettere sulla collina. Preparare l'incidente. Anche il tocco di classe degli gnomi. Un peccato non si sia mai reso conto del regalo che gli avevo fatto.

– Mi scusi?

– Beh, solo la fanciulla ha notato, oltre a lui, il legame con gli altri abitanti del villaggio. Ma lei è l'unica ad aver capito, seppur accidentalmente, che facevano da contenitore.

– Ci spieghi meglio.

– Se le dicessi che quando ha rotto Capitan Chiappa, quello è stato il momento in cui ha liberato Magda dalla punizione eterna a cui l'avevo sottoposta?

– Ma Magda era già morta, non era stata quella la sua punizione?

– Ebbene no, la morte di Magda era solo l'inizio della sua pena! Esistere come ricordo ossessivo nella testa di Louis innamorato, mentre tutti gli altri continuavano a essere curati e salvati, era il mio piano. Quando si è rotto lo gnomo l'ultimo legame terreno di Magda è stato reciso. Per questo poi Louis iniziò a stare meglio. A guarire. A prendersi cura della casa e degli altri, nuovamente. A sorridere… Disgustoso abominio.

– E gli altri gnomi?

– Tutte le persone presenti il giorno dell'incidente. Louis si sarebbe potuto sbarazzare di loro facilmente, spaccarli uno dopo l'altro e liberare alla stessa maniera gli altri abitanti e invece no. Ha deciso di prendersi cura di loro. Di disporli accuratamente e lavarli e lucidarli. Si è fatto carico della felicità altrui, sprofondando nella propria tristezza.

– Signor eterno me lo lasci dire: lei è proprio un essere complicato.

– Non sono un essere ma certamente presento innumerevoli sfaccettature.

– Io non so proprio come ringraziarla per il tempo che ci ha concesso.

– Oh ma si figuri! Il tempo non esiste, è un concetto fittizio che avete inventato per poter festeggiare i compleanni.

– Quindi non le spiace se le pongo qualche ultima domanda, diciamo un po' più piccante?

– Uuuh, Rodolfo, lei solletica la mia curiosità! Faccia pure, mi stuzzichi!

– Mi dica allora, Sua Vastità. Chi ha ragione, tra tutte le religioni esistenti?

– Tutti!

– Tutti?

– Sì, tutti hanno ragione. Sono sempre io. Cambia un po' la storia, ma resto sempre io. Mi immagini come una patata. Ora, alcuni mi fanno a listarelle e mi friggono, altri a tondini e nel forno, altri purè, chi al cartoccio e chi nella pasta. Tanti modi diversi ma sempre di una patata si tratta e questo sono io: una stupenda, assoluta patata.

– Una succulenta patata, se mi permette!

– Lei mi lusinga…

– Ora le chiedo un piccolo spoiler, perché sa, sono davvero curioso come moltissimi tra i nostri spettatori. Ci può dire cosa succede dopo la morte?

– Urca. Mi coglie impreparata.

– Come sarebbe a dire impreparata?

– Eh, è che ci devo ancora pensare. Tra una cosa e l'altra non ho mai avuto modo di organizzare niente di preciso. È tutto ancora imballato.

– Quindi non succede nulla? Niente di niente?

– Al momento compare una scritta "Attendere Prego". Sto pensando di aggiungere una musichetta di sottofondo, come quelle degli ascensori.

– Devo capire se questo mi spaventa o mi terrorizza.

– Suvvia, non si preoccupi, a lei manca ancora un po'... mmm mi faccia vedere qua nel blocchetto degli appunti... ecco di preciso da vivere le mancano ancora...

– No! La prego! Non voglio sapere!

– Accidenti, va bene. Come preferisce.

– Di grazia, passiamo a un argomento più leggero... Mi può dire perché nel suo studio ha appeso una scarsa riproduzione di una famosa opera di Van Gogh?

– Quella non era una riproduzione! Era un originale. Vincent era alle prime armi e non era ancora molto capace, lo aiutai io poi a impratichirsi con l'uso dei pigmenti. Un vero peccato sia andato distrutto. In pochi hanno potuto ammirarlo.

– A tal proposito: l'incendio. Gli avvelenamenti. Un'indagine. Quasi una persecuzione! Qualcuno sta mettendo a dura prova la sua pazienza.

– Ci ho fatto il callo. C'è sempre qualcuno che vuole distruggermi o mettermi i bastoni tra le ruote. Poveri stolti. Provo solo una grande pena.

– Quindi non è arrabbiata con la signorina Greta? Non teme per la sua incolumità?

– Cosa potrebbe mai fare quella ragazzina insolente a me? Il creatore. Un bel niente, ecco cosa può fare. Solo il divino può uccidere il divino e le assicuro che in quella sguattera non c'è nulla di divino.

– Che sicurezza di sé! Sembra avere tutto sotto controllo.

– Come sempre. Io adoro avere tutto sotto controllo. È il mio unico vizio.

– L'eterno ha un vizio. Che scoop amici spettatori! Che incredibile rivelazione!

– Ops! Mi avete scoperto!

– La ringrazio infinitamente per questa intervista, spero di non averla delusa con le mie domande.

– Rodolfo, al contrario, mi ha piacevolmente sorpreso! Finalmente vedo qualcosa di sensato in lei!

– Non so come ci sono riuscito.

– Deve esserci stato un intervento… divino!

CAPITOLO 21

La trasmissione venne bruscamente interrotta da un provvidenziale cortocircuito che fece collassare la diretta in mondovisione. Il set e le videocamere si dissolsero. Rodolfo tornò in sé e immediatamente qualunque traccia dell'affabile presentatore scomparve, costringendo il postino a essere il solito postino.

I Guglielmoni stavano applaudendo lo squarcio che ora appariva più vibrante del solito, caricato dalla bella performance appena conclusasi. Greta corse verso Louis per accertarsi delle sue condizioni.

Ci volle un numero indefinito di sberle per far riaprire gli occhi all'anziano che ora ricordava tutte le volte in cui era stato sminuzzato, bollito, scorticato, tagliuzzato e infine reso vedovo, solo per il diletto dell'Eterno. Si alzò in piedi, barcollando afferrò l'ombrello dalla punta d'osso con cui tracciava i solchi nel terreno e, usandolo come supporto, si diresse verso il centro del giardino.

– Mi stai dicendo che tutto questo dolore ancora non ha placato la tua ira?

– Meh, un pochino.

– Ora ricordo benissimo. Ricordo perché ti sfidai. Ricordo cosa mi spinse a cercare di fermarti e a strappare via ogni oncia del tuo potere.

– Fossi in te non mi avvicinerei ulteriormente. Sono stanco di questa tua esistenza, devo farmi venire in mente un altro modo per occuparmi di te.

Louis ruotò l'ombrello impugnandolo come una mazza da baseball e con un colpo deciso spaccò in due uno gnomo da giardino che teneva in mano un annaffiatoio decorato con margherite. Nello stesso istante, Filippo Guglielmoni cadde al suolo, felice di poter saltare il consueto appuntamento di ballo di gruppo previsto altrimenti per la sera stessa in casa Agavigni.

– È così che funziona quindi! Posso liberare tutte le anime che hai costretto a stare in questo villaggio!

– Suvvia! Il povero Filippo!

Annalisa Guglielmoni scoppiò a piangere ma durò un attimo, giusto il tempo necessario a Louis per spaccare in mille pezzi un altro gnomo da giardino e anche lei cadde esanime.

– La vita agli altri, la morte e la solitudine a me. Preferivo quando mi appendevi a testa in giù dagli alberi e lasciavi che gli avvoltoi banchettassero con le mie interiora.

– Quanti ricordi, vuoi farmi commuovere!

Tutti gli abitanti del villaggio erano oramai giunti in prossimità di casa Cylfer, attratti da urla e apparizioni divine. Solo Ernesto e Ada Villa, data la proverbiale lentezza, esitavano sull'uscio di "Villa Ernesto". Bisognava voltarsi, estrarre la chiave dal taschino seguendo la collanina in argento che la teneva legata all'occhiello del panciotto e chiudere la porta. Ernesto Villa si polverizzò prima di concludere questa basilare operazione, diventando un secco mucchio di cenere sul tappetino di ingresso. Ada guardò la scena ed ebbe una manciata di secondi per assaporare la libertà. Pensò a tutti gli anni in cui la sua unica occupazione era stata pettinare i capelli filamentosi del marito e aiutarlo a indossare i vestiti millenari e una nube di tristezza la avvolse. Cercò di allontanarla con il suo classico "Sciò! Sciò!" ma riuscì a emettere un solo "Sciò" prima di polverizzarsi a sua volta. L'ira di Louis era implacabile. Gnomo dopo gnomo, stava creando molto lavoro per la locale ditta "Alberi & Strade & Altro".

– Datemi una mano! Facciamo in fretta! Liberiamoli tutti! – sbraitò Louis.

Greta svegliò il padre che finalmente trovò la forza per destarsi dal coma introspettivo e che, muovendosi a zig-zag a causa delle gambe addormentate, si diresse con fare indeciso verso il creatore. Rodolfo, data la stazza, richiuse agilmente una delle sedie da giardino e la iniziò a brandire come una spada a due mani forgiata per mietere vittime di ceramica.

Uno dopo l'altro gli abitanti del villaggio stavano salutando il mondo dei vivi.

– Non ti senti minimante in colpa? – chiese Greta a un euforico Louis.

– Per cosa??? – rispose sorpreso.

– Beh insomma! Lì stiamo uccidendo! Guarda come cadono!

– Non tutti! – si fermò per controllare se effettivamente avesse ragione. – Ecco vedi, solo quelli che ci avrebbero dovuto lasciare da tempo e che sono stati tenuti in vita per prolungare la mia agonia stanno cadendo. Gli altri no! Guarda i Dorisz! Loro stanno benissimo!!!

Louis salutò con la mano una Petra Dorisz incapace di capire cosa stesse avvenendo. Nel dubbio, ricambiò il saluto, notando solo in quel momento che Vasco, il suo anziano gatto, stava annusando con interesse lo squarcio interdimensionale aperto nel giardino. Attratto dal globo galleggiante, decise di provare ad afferrarlo saltandoci attraverso, scomparendo nessuno sa dove. Petra soffocò un lamento.

Con una sciabolata ad ampio raggio il bruto Rodolfo decapitò ben quattro gnomi in un sol colpo. Soddisfatto di sé si guardò attorno in cerca dell'approvazione di Greta che non lo degnò di uno sguardo, intenta come era a cercare di fermare il padre in procinto di confrontarsi con l'immenso.

Resosi conto della situazione, Giangiacomo Agavigni offrì il palmo della mano alla moglie Eleonora, che la afferrò all'istante. Fischiettando il motivetto del ballo su cui si stavano esercitando da mesi, la coppia di anziani iniziò a danzare. "Se dobbiamo andarcene, lo faremo a modo nostro!" bisbigliò nell'orecchio della sua amata mentre si perdevano in aggraziate giravolte. Seguendo il ritmo che conoscevano a memoria, conclusero la coreografia in quella che a detta loro fu la migliore performance mai eseguita. Fecero un breve inchino e caddero al suolo, compiaciuti ma esanimi. Francesca Millevolti osservò la fine del ballo e spense la sigaretta per liberare le mani e applaudire. Lorenzo la guardò morire e tirò un sospiro di sollievo "Oh bella, meno male, era l'ultima dell'ultimo pacchetto, chi la sentiva poi".

– Sei stata tu! C'era qualcosa di strano! Era tutto troppo strano… una macchina non può cambiare forma così. Io… io ero lì. Ho provato a salvarla, ma non c'era nulla da fare. È stata risucchiata dentro e la lama non si fermava. Continuava a tagliare tutto. Danielle… È morta tra le mie braccia!!! Tutto quel sangue… sei stata tu! C'era questa stessa eco che c'è ora! Proveniva dalla macchina per tagliare i würstel! Eri tu, ammettilo!

Gli occhi di Tobias sgorgavano lacrime e rabbia e pretendevano la completa attenzione del gigantesco bulbo fluttuante.

– Ah, il cuoco! Brutta storia in effetti… ci sono andato giù un po' pesante. Volevo solo impartire una lezione a quella bestia selvaggia di tua figlia! Non mi lasciava in pace un attimo. Lo sai che mi ha avvelenato mezzo villaggio? Non è colpa mia se non le avete insegnato le buone maniere. Curiosa e impicciona. Non le basta prendere un dito eh no, lei vuole tutta la mano e dopo la mano vuole tutto il braccio e poi ah cavolo, scusa, sono proprio insensibile! Con quello che ha passato tua moglie io mi metto a dire certe cose…

I pugni si chiusero. Tobias si voltò per guardare la figlia un'ultima volta. Lanciato come un pugile che sferra il destro tenuto da parte per un intero round, scattò verso il globo che mai come in quel momento fu tanto simile a un punchball. Anche lui, come il gatto in precedenza e il gallo ancora prima, scomparve all'interno dello squarcio.

Greta osservò la scena impotente e cadde di peso sulle ginocchia.

Restavano in piedi gli ultimi due gnomi, quelli che una volta erano disposti ai lati di Capitan Chiappa e che insieme formavano i vincitori sul podio olimpionico che tutto il resto del carico del tir era costretto a fissare con adorazione.

– Se non vado errato, secondo i miei calcoli, mancano ancora due anime.

Louis reggeva l'ombrello come una mazza da golf. Si fermò davanti al penultimo nome prescelto.

– Questo dovrebbe essere Abudi. Quel povero ragazzo, non sai quante volte mi ha chiesto scusa aggiungendo che avrebbe preferito morire lui al posto della mia Magda. Speriamo che questo serva a dargli un po' di pace.

Un colpo ben assestato e lo gnomo esplose in mille pezzi.

– E ora, l'ultimo. Me medesimo.

– Non ci provare. Tu non potrai mai essere libero – tuonò lo squarcio facendo tremare ogni centimetro di aria nel giardino.

– Vieni a fermarmi allora brutto bastardo.

Louis alzò l'ombrello per sferrare il colpo finale quando un raggio luminoso lanciato da un universo profondo attraversò l'atmosfera per fulminarlo in pieno. Lo scoppio di luce fu tale da accecare i pochi superstiti. Rodolfo si lanciò per far da scudo e proteggere Greta.

Fumo grigio e pesante e odore di barbecue dolciastro si alzavano da quello che rimaneva di Louis. Lo squarcio si richiuse e il medico tornò ad assumere le sue sembianze terrene da pensionata.

– Che disastro! Guardate cosa sono stata costretta a fare! – Esclamava ad alta voce mentre controllava il livello di cottura della sua vittima prescelta. – Non ci siamo. Non me la sono neanche goduta questa volta. Io lo so che devo stare calma, che se non sono calma non me la vivo bene. Devo essere meno impulsiva. Sennò finisce come con le cavallette e i terremoti e i meteoriti e l'arca. Peccato.

Greta si liberò dalla copertura del muro umano e si diresse verso la signora grigia.

– Ancora tu ragazzina?

Non aveva idea di cosa avrebbe potuto fare ma Greta sentiva che la sua unica occasione era arrivata.

– Almeno tu, fermati. C'è ancora qualcuno che mi obbedisce su questo pianeta?

Le due donne si ritrovarono faccia a faccia.

– Cosa cavolo pensi di fare? – disse Angela beffarda.

Una mano croccante e bruciacchiata afferrò la caviglia di Greta.

– L'ombrello. La punta. Prendi. Usa. La pun… tahhh…– la voce tostata di Louis sorprese tutti.

– Vero, sei pur sempre un immortale!

Greta approfittò della momentanea distrazione per raccogliere l'ombrello da terra e, seguendo il consiglio, usò la punta in osso per infilzare il petto della divinità.

L'ombrello scivolò senza subire alcuna resistenza, come una lama incandescente nel burro, trapassandola da parte a parte.

Il medico, visibilmente rammaricata, dovette ammettere di non capire.

– Ma come, cosa? – disse cercando di estrarre l'arma di fortuna oramai incastonata nel mezzo dei suoi decadenti seni – Non è possibile. Questo non è possibile! Solo il divino può uccidere il divino!

– Sarà, ma a me non sei mai sembrata così onnipotente.

Angela Trianime si afflosciò tenendosi a Greta durante la caduta, finché non fu il suolo ad accoglierla.

Ci fu un breve battito di ciglia e si spense.

CAPITOLO 22

Era oramai impossibile capire quanto tempo fosse passato. Il cielo di un azzurro delicato pareva preannunciare un nuovo mattino. Del sole non c'era traccia. Il villaggio era una distesa di defunti. Settantuno cadaveri assortiti di anziani fino a quel momento esonerati dalla morte, impedivano il passaggio dell'automezzo per le pulizie della locale ditta "Alberi & Strade & Altro". I due fratelli si guardarono, poi volsero lo sguardo verso le numerose salme e partì un lungo dibattito sul significato intrinseco del "& Altro" presente nel nome della ditta. Si sarebbero dovuti occupare anche di questo? D'altronde, la differenza tra quello spettacolo di corpi e le foglie cadute dal gigantesco platano era davvero sottile.

– Come ho fatto? – chiese Greta ai resti più simili a una bruschetta di quello che una volta era il burbero Louis.

– Ricordo tutto, sai? Sono stato così tante volte con voi. Siete la sua creazione migliore.

– Non farmi arrossire, vecchio.

– Ero con voi fin dal primo momento. Strisciavo. La mela.

– Il fulmine ti ha davvero dato il colpo di grazia.

– Magda era la più bella. La prima ad avermi amato con tutti i miei difetti. I miei acciacchi. La mia mortalità. La mia Magda.

– Come ho fatto a ucciderla? Solo il divino può uccidere il divino. Questo ripeteva.

– L'ombrello. La punta. Un ricordo che ho preso dal giardino. Quando vi stava creando. Un pezzo del primo uomo. La parte a sua immagine e somiglianza, più simile a lui. Pensare che per anni l'ho usato per tracciare solchi nel terreno! Brutta cosa perdere la memoria.

L'essere millenario andava via via spegnendosi come una candela giunta alla fine.

– Un ultimo favore. Distruggi il mio gnomo.

Anche se aveva ancora un'infinità di domande da porgli, Greta comprese che quella era l'unica cosa sensata da fare. Ne aveva subite abbastanza e, per quanto fosse stato colpevole in passato, era arrivato il momento di liberarlo. Prese un sasso di dimensioni notevoli e tornò a rivolgersi all'inconsolabile vedovo.

– Addio Louis, è stato un piacere. Non eri poi così male. Anzi, iniziavi quasi a starmi simpatico.

– Sempre la solita insolente.

I due amici si sorrisero.

– Dormi bene, Lucifero.

L'impatto fu preciso. Lo gnomo si spaccò e i cocci si dispersero nell'erba. Louis chiuse gli occhi e per un istante fu meritatamente esentato dall'esistenza terrena.

Sarebbe stato tutto perfetto, non fosse che un essere immortale non può scappare dal suo destino di immortalità. Avvolto in un bozzolo fatto di luce, il corpo dell'anziano venne ripristinato al suo iniziale splendore.

Il cherubino protettore era in piedi, nudo, nel mezzo di un giardino qualunque di un villaggio qualunque su un pianeta qualunque in un universo recentemente privato del proprio creatore.

Era esattamente come lo si poteva immaginare. Perfetto in ogni particolare, il modello di compiutezza a cui nessun umano avrebbe mai potuto aspirare.

Greta deglutì, i suoi occhi si posarono sulle linee del corpo privo di vestiti del cherubino e, per la prima volta, un intimo desiderio di carnalità nacque nelle sue zone erogene.

Rodolfo osservò la scena ed ebbe la medesima reazione. Anche lui voleva possedere la perfezione di quel corpo ma, nel vedere Greta sinceramente ammaliata, si lasciò spaccare in due da una straziante gelosia.

– Oh, no. Non ancora – disse Louis guardando le sembianze assunte.

– Oh sì. Per favore – disse sfacciata Greta.

– Oh – disse Rodolfo, spegnendo ogni fiducia in sé stesso.

Quella che fino a quel momento era stata una giornata qualunque in casa di Abudi (disturbata solo da un insolito talk show in mondovisione) era drasticamente cambiata.

Il figlio mediano non riusciva a fermare le urla. Il più piccolo dei tre era accorso in salotto per capire cosa fosse successo ma, non appena se ne fu reso conto, si unì alla performance canora. Nemmeno l'arrivo del maggiore riuscì a stemperare il boato. La moglie non voleva credere ai suoi occhi e cercava di rimettere in piedi la carrozzina gettata in terra. La sua gioia era incontrollabile.

Abudi la guardava dall'alto della sua posizione eretta.

– Come hai fatto?

– Non ne ho idea. È stato come perdere un peso che mi opprimeva da non so quanto tempo.

– Pensa a tutto quello che potremo fare adesso!

– Potrò finalmente comprare un nuovo tir.

Il terreno era morbido e scavare non costava alcuna fatica. Non che la fossa necessitasse di chissà quali profondità ma, data la natura fragile della collina, Lorenzo Millevolti voleva assicurarsi di concedere una degna sepoltura al suo compagno di tante avventure. Flaffo era avvolto in un asciugamano. Lo strinse a sé prima di salutarlo definitivamente. Disse qualche parola anche se i discorsi non erano il suo forte. Avrebbe voluto recitare una preghiera ma pensò che mai momento sarebbe risultato più sbagliato. Una volta richiuso tutto, accarezzò Cerbero.

– Dobbiamo fare ancora un'ultima cosa.

Fu decisamente hollywoodiano vederli allontanare mentre l'intera collina prendeva fuoco. Se gli umani fossero stati in grado di capire il linguaggio delle piante, Lorenzo avrebbe potuto sentire quanto tutti gli alberi depressi rimasti in piedi gli erano grati. L'unica cosa che notò furono alcuni lapilli più scoppiettanti del necessario.

Si voltò per gettare un pacchetto di sigarette vuoto appartenuto alla moglie nell'incendio.

– Oh bella. Ti avevo detto che questo vizio ti avrebbe uccisa.

Gli parve di sentire un colpo di tosse provenire da dietro alle nuvole, o forse era solo un tuono.

I Dorisz stavano cercando di trovare la forza per spiegare ai gatti rimanenti che fine avesse fatto il più vecchio tra loro, Vasco. Non fu facile. Ogni volta che Petra iniziava il discorso le parole le mancavano. Poi il fiato. Poi la lucidità mentale. Infine sveniva tra le braccia del marito che era costretto ad aspettare il suo risveglio dato che da solo non sarebbe mai stato in grado di diffondere la notizia tra gli amati felini. Ci vollero numerosi mancamenti per riuscire a portare a termine l'annuncio.

Antonella, Myriam, Anna, Rosario e Peppino la ignorarono, tornando a dormire.

Un'orfana assassina di entità superiore, il reduce dalla caduta nelle profondità dell'abisso e un postino dal cuore spezzato stavano entrando nella cucina del ristorante che avrebbe dovuto aprire i battenti di lì a breve, non fosse stato per la spiacevole mancanza di personale e clientela.

Veronique giaceva addormentata sulla porta della cella frigorifera dove la sorella era stata depositata. Al suo risveglio, fece fatica a mettere a fuoco la situazione che le si palesava davanti.

– Cosa è successo? Perché sei di nuovo ricoperta di sangue? Dov'è tuo padre? Dov'è Louis? Che fine ha fatto il medico ma, soprattutto, chi è lui??? – e anche il suo sguardo fu costretto a cedere davanti alla bellezza del figlio dell'aurora.

– Ci vorrà un po' di tempo per spiegarti tutto, meglio se resti seduta – disse Greta sistemandosi vicino alla zia.

Non fece in tempo a iniziare il racconto quando un rassicurante quanto inaspettato calore decise di irrompere nelle profondità del suo addome. Ci poggiò la mano sopra. Come un palloncino che viene gonfiato con l'elio, la pancia le crebbe diventando sferica e verosimilmente gravida.

– Cosa sta succedendo? – urlò in preda al panico.

– Sembra che, prima di andarsene, Angela ti abbia lasciato uno dei suoi ricordi – disse Lucifero per niente sorpreso.

Rodolfo guardò la scena e si convinse di esserne la causa. Del resto, era stato lui a fare l'amore con Greta qualche tempo prima. L'istinto paterno pervase il suo volto. Si avvicinò a Greta che capì all'istante le sue intenzioni.

– Non ci provare!!! Vai lontano! Questa non è opera tua!

– Ma Greta! Io e te, nel lago!

– Qualunque cosa sia successa nel lago non può aver fatto questo! Guardami! Continua a crescere! Non sei stato tu!!!

– Non importa, sarò al tuo fianco.

– Credo sia anche il mio compito, ora – intervenne soavemente Lucifero.

– Voi due vedete di andare fuori a prendere un po' di aria – disse Veronique una volta compreso quanto fosse necessario mantenere la situazione sotto controllo – Soprattutto tu, bellimbusto arrivato da chissà dove…

– Veronique, sono io… Louis…

– Louis? – Veronique strabuzzò gli occhi incredula – Ma Louis è un vecchio…

– … rancido e avvilito, certo, sono anche quello.

– Non sto capendo nulla ma in ogni caso, che tu sia Louis o qualunque altra cosa, vai fuori di qui e mettiti dei vestiti addosso!

Rodolfo e Lucifero obbedirono alla zia infuriata. Più abbattuto del solito, il postino tornò al suo minivan, regalandosi prima un'ultima rinvigorente visione delle nudità sporgenti del cherubino.

CAPITOLO 23

Parecchio tempo prima

– Salve.

– Salve.

– Le spiace se mi siedo qui, vicino a lei?

– La sala è completamente vuota. Perché mai proprio qua vicino?

– Ha ragione, ma l'ho notata spesso. Forse lei non si ricorda di me ma abbiamo già parlato altre volte. Una volta le ho dato il mio giornale, ha fatto le mie parole crociate.

– Ah era il suo! Pensavo appartenesse al reparto!

– No no, non comprano il giornale qua. Lo compro sempre io e lo porto con me perché so che ci vorrà più del previsto.

– Comunque, si sieda.

– La ringrazio. Dicevo. Ci vuole sempre tanto qua dentro.

– Eh. Si aspetta per ricevere buone notizie.

– Che non arrivano mai.

– Arrivano notizie appena sufficienti e ci si accontenta di quelle.

– Comunque, ho il giornale anche oggi, nel caso volesse continuare le parole crociate.

– Molto gentile ma sono preparata. Voglio imparare a fare questa nuova cosa chiamata sudoku.

– Sudoku? Mai sentito. Di che si tratta?

– Ci sono dei numeri in un quadrato, in ogni casella c'è un numero, non in tutte cioè, in molte manca e sta a te capire che numero manchi e perché, poi lo scrivi nell'apposita cartella finché non hai risolto il sudoku!

– Non sembra molto comprensibile… o avvincente.

– Sarò io a essermi spiegata male. Posso assicurare che una volta che capisci come funziona diventa una sfida piacevole.

– Sembra una di quelle occupazioni che poi ti fanno venire sonno.

– Facciamo che prima di trarre conclusioni affrettate lo prova una volta!

– Volentieri!

– Comunque, mi ricordo di lei. L'avevo notata. Non siamo in molti noi frequentatori abituali. Poi io sono brava a memorizzare le facce.

– Sì ha ragione. Io e lei siamo proprio accomunati da un simile destino. Sono anni che vengo in questo reparto a fare controlli su controlli e la incontro sempre.

– Ora non mi prenda per pazza ma in un paio di occasioni ho pensato che lei lo facesse di proposito. Prendere appuntamento proprio quando devo tornare io.

– Non mi sarei mai permesso ma ora che lo dice lo farò per la prossima volta, così avremo modo di parlare ancora!

– E sua moglie, non avrebbe nulla da ridire?

– Non sono sposato. Non sono mai stato sposato a dirla tutta. Ci ho pensato parecchie volte ma non me la sono mai sentita. Ci sono cose che i "normali" non possono capire.

– Che cosa intende?

– Intendo quelli che non devono regolarmente andare in ospedale a controllare le loro condizioni. La cui vita non è regolata da medicine e controlli. Dalle risonanze magnetiche. Non ho mai voluto che questo pesasse sulla vita di qualcun altro. È la mia croce e me la gestisco io.

– È un atteggiamento molto chiuso e solitario. Sono sicura che qualcuno avrebbe piacere nel passare del tempo con lei. Ad esempio, stiamo parlando e non la trovo così male.

– E suo marito, non avrebbe nulla da ridire?

– Touché. Ma neanche io sono sposata.

– Una donna della sua bellezza? Come è possibile?

– Che domanda inappropriata. Come si permette?

– Le chiedo scusa.

– La sto prendendo in giro. Le basti sapere che anche io, più o meno, la penso come lei. Non ho più molto tempo a disposizione su questo pianeta, temo. Così mi sono trattenuta dal creare legami troppo duraturi, forse per lo stesso motivo.

– Un vero spreco, me lo lasci dire.

– Lei è gentile ma ha ragione, è difficile condividere la malattia con i "normali".

– Io e lei siamo più simili di quanto pensassi.

– Lo sapremo tra poco, quando arriveranno i risultati. Allora le potrò dire quanto siamo simili.

– Vogliamo fare un accordo?

– Sentiamo.

– Se a lei danno più tempo che a me, allora la lascio in pace. Se danno più tempo a me, allora usciamo a cena.

– Ma così diventa una gara!

– Rendiamo questa snervante attesa un po' speziata, ohibò!

– Non so se me la sento. Se mi resta poco perché mai dovrei uscire con uno sconosciuto?

– Non sono propriamente sconosciuto, l'ha detto prima. Perché credo di meritare di conoscerla meglio. Altrimenti me ne pentirei, ne sono sicuro.

– C'è qualcosa in lei che mi rassicura. Però la avviso. Io non esco a cena, non mi piacciono i ristoranti. Se proprio vince allora mi deve invitare da lei e deve cucinare con le sue mani.

– Ma io non sono un grande cuoco. Non ho talento in cucina!

– Sono sicuro che qualcosa la sa fare! Ci pensi un attimo.

– Beh... me la cavo a tagliare le verdure!

– Benissimo! Allora possiamo fare una zuppa! Adoro la zuppa, è il mio piatto preferito!

– La zuppa non è il mio forte... bisogna usare i cucchiai, però ci sto... accetto la sfida!

Uno alla volta, due adulti oramai non più sconosciuti vengono chiamati a parlare con il proprio medico curante. Non appena l'ambasciata gli venne riferita, si ritrovarono fuori dall'ospedale.

– Buone notizie?

– Sto piangendo, questo dovrebbe farle intuire qualcosa.

– L'ho notato, ma non sapevo cosa dire.

– Alle volte il silenzio…

– Le chiedo scusa. Ho creato un gioco molto stupido. Non avrei dovuto.

– Sono io a chiederle scusa. Mi perdoni. Non è facile gestire certe notizie.

– I risultati sono così gravi?

– Ma no! Quello me lo aspettavo! Non sto mica piangendo per qualcosa che era scritto già da tempo! Si figuri!

– E allora perché piange?

– Perché dovrò venire a cena da lei! E conoscerla!

– Ma come si permette?!

– Sto cercando di fare un po' di umorismo per alleggerire la situazione.

– Ha fatto benissimo.

– Allora, quando devo presentarmi?

– Quando vuole, anche stasera dato che abbiamo poco tempo.

– Stasera sia. Ah, ma io non so neanche lei come si chiama!

– Giusto, piacere, sono Louis.

– Piacere, Magda.

– Magda. Che bel nome.

– Sta cercando di lusingarmi un po' troppo.

– Vuole che la smetta?

– No, la prego. Vada avanti.

– Benissimo perché non mi sarei fermato. Magda, vediamo come va la cena ma io posso dirle già subito che non accetterò di non rivederla anche domani e il giorno dopo domani e quello dopo ancora.

– Ora sta esagerando.

– Dico solo la verità. Dovessi impazzire, troverò un modo per passare tutto il tempo a nostra disposizione insieme. Per farla stare con me per sempre.

– Lei è davvero gentile, ma intanto vediamo di far funzionare una cena.

– Si fidi di me. Troverò il modo.

Parecchio tempo dopo

Solo alcuni tra i superstiti avevano accettato l'invito di Timotello Birighelloni. Si erano disposti in formazione circolare attorno a lui e aspettavano con ansia di sapere il motivo di questa riunione straordinaria segretissima del Consiglio Allargato per la Pace Rurale Assoluta che da adesso in avanti sarebbe stato chiamato Consiglio Allargato per la Pace Rurale Eterna (da CAPRA a CAPRE, non si voleva creare troppa confusione nei pochi membri già abbastanza sconvolti).

– Carissimi ultimi rimasti…

Il denutrito gruppo scoppiò a ridere come di consueto quando Timotello apriva bocca. Timotello respirò profondamente, non disse nulla e fulminò con lo sguardo ognuno dei presenti. Nessuno, fino a quel momento, aveva notato la sua indole autoritaria. Il suo volto era fiero. Era un uomo che aveva sconfitto la morte e seppellito il suo più acerrimo nemico. Tutti tacquero.

– Non vi permetterò mai più di ridermi in faccia. Le cose sono cambiate. Ora fate silenzio e ascoltate.

La sua voce risultava più vellutata e profonda di quella del fu Ernesto Villa. Il ruolo di leader gli calzava a pennello.

– Carissime CAPRE, stiamo piangendo la dipartita dei nostri cari. Dei nostri vicini, amici, compagni di passeggiate e chiacchierate. Dei nostri mariti e delle nostre mogli.

Qualcuno sospirò, altri si strinsero come pinguini durante l'inverno.

– Ma io vi dico, non disperate! Non disperiamo! Siamo venuti qua attratti da una promessa che ora ci è stata tolta. Ebbene, forse non tutto è perduto.

Dalla tasca della giacca estrasse un fazzoletto il cui contenuto fu difficile da riconoscere anche dai portatori di occhiali più spessi.

– Di che si tratta? – domandò incuriosito Raffaello Gellini.

– Non ne ho idea, ma questo è ciò che ha ucciso il medico. Di qualunque materiale sia fatta questa punta, è stata in grado di fermare una divinità e ora appartiene a noi.

Gli anziani riuniti applaudirono la scoperta dando finalmente a Timotello quello che lui aveva sempre desiderato: seria riverenza e infinito rispetto.

Che pianeta fosse, era impossibile capirlo.

Erano tutti uguali.

Un altro fallimento gli si prospettava davanti e la fiducia iniziava a vacillare.

Quanti altri pianeti, sistemi solari, stelle, lune, galassie, avrebbe dovuto esplorare prima di trovare quello da cui proveniva?

“Meno male che questo nuovo corpo mi permette di fare ciò che voglio, altrimenti sarebbe davvero impossibile tornare a casa” pensò la chimera metà umana metà caos di animali da fattoria, leccando le zampe feline spropositate sotto di lei, prima di spiccare il volo, sbattendo le portentose ali di gallo che la rendevano maestosa.

– Avremo più fortuna con il prossimo pianeta! – esclamò Tobias uscendo dall’atmosfera.

– Meooow – asserì una testa appartenente a un anziano felino che fuoriusciva dal petto.

– Chicchirichìììì – incitò il becco di uno sfacciato gallo racchiuso in una zona privata che è meglio non specificare.

– Non può essere già arrivato il momento! Non può essere!!!

– Calmati piccola mia, sono qui con te!

– Aveva appena iniziato, come è possibile!!!

– Non ne ho idea ma sta per uscire, siediti a terra e allarga le gambe, ti aiuto io, sono qua con te.

– Non voglio zia! Non voglio!

Urla. Pianti. Lacrime. Sangue e placenta.

Poi il silenzio.

Un gemito.

Qualcosa era appena nato.

RINGRAZIAMENTI

Vorrei ringraziare: mia madre Maria Carmela e mio padre Pucci, tutti quelli che mi hanno licenziato negli ultimi anni facendomi odiare il lavoro, l'AMS e la disoccupazione, l'AKH e i reparti di oculistica / neurologia / reumatologia / urologia, la mia psicanalista, Ahinora e Schadekgasse 12 per i caffè, Demetrio e Mimì, Drin per il wifi, Robi e Picchio per le colazioni, Sontchi the homie, la biblioteca di Matera, Kon-igi, Sgnapućin, Nicola, Simon Crubellier, Setareh e Marina, Tomoski e Alma (perdonami per non aver inserito scalabacca), lo Zio FVBIO per aver detto "aspetto che ti pubblichino poi leggo il tuo libro" portando fortuna, Vittorio e Lamine e Lauton perché sarà il primo libro (senza illustrazioni) che leggeranno, Joanna e SAAV tutta, Maddy, Madziy, Frabebba, la maestra di catechismo che mi picchiava quando ponevo troppe domande, Barbarella e Paolino, Zach, Thomas Traversa e Fanchi, Luke, Obi, Sandra, Alice Yasi, Maggie e Cosmo, Lola, Betulin e tutto l'appartamento che mi aiuta con Ernesto quando vado via, Ernesto (per essere semplicemente un gatto), Chiarafacose, Museion Bolzano (dove nel 2012 ho scritto i primi due capitoli), Viennafil per farmi usare sempre la stampante, Douglas Adams, Werkzeug e Yannis, Vienna e i suoi inverni, Tumblr, Hanna, Valentina, Marco Stagni, Allegra, Stefano Zangrando, Vitolino e Davide e Philippa, zia Anna e nonno Ottavio.

Nonno, ora che sei da solo, cerca di fare il bravo e non diventare antipatico come Louis.

ZOOM·ED #4

Nel 2020 SAAV ed Edition Raetia hanno creato la collana ZOOM-ED concepita per promuovere le opere prime di autori e autrici. A inaugurare la collana è l'antologia "In die klare Luft springen" del collettivo di autrici "Die Glühbirne". Il secondo volume è la breve prosa lirica dell'autrice Isabel Folie dal titolo "In meiner Mitte Kohle, in meinen Armen der Wind". Nel 2022 la giuria ha deciso di assegnare il premio a un'opera in prosa, la raccolta di racconti di Martin Troger intitolato "Ein Einzelzimmer bitte". Il 2023 segna un'importante novità: per la prima volta l'opera prima pubblicata è scritta in italiano. Il vincitore è il testo satirico di Matteo Jamunno, intitolato "Nel gnome del padre":

> Il testo ha convinto la giuria all'unanimità per la sua originalità. Il romanzo si fa leggere volentieri e l'autore sa creare aspettativa nel lettore che non sa mai cosa attendersi da un paragrafo all'altro. Particolarmente apprezzati l'incipit e la capacità dell'autore di descrivere le situazioni. La trama è avvincente e il romanzo è ben scritto.

La giuria di ZOOM-ED #4 è composta da: Marianne Ilmer Ebnicher (SAAV), Kurt Lanthaler (SAAV), Paolo Carnevale (SAAV), Felix Obermair (Edition Raetia).

ZOOM-ED si propone di offrire supporto alle opere prime per permettere loro di ottenere visibilità e, di conseguenza, di inserirsi nel dibattito pubblico. Dal manoscritto alla presentazione del libro, il programma di promozione comprende tutte le fasi del processo editoriale: il concorso per aggiudicarsi la pubblicazione all'interno della collana, il lavoro sul manoscritto in collaborazione con un mentore della SAAV e la presentazione del libro davanti a un pubblico di critici letterari. La supervisione e la revisione del presente testo sono state curate dall'autore e traduttore Stefano Zangrando.

SAAV ed Edition Raetia ringraziano la Ripartizione Cultura tedesca della Provincia autonoma di Bolzano per il sostegno dato all'iniziativa e alla collana. Un sentito ringraziamento va ad Arno Dejaco (Frei + Zeit) e alla sua collaboratrice Marilena Finotti per aver ideato il design grafico della collana.

Matteo Jamunno

L'AUTORE

Matteo Jamunno, 1983. Nasce a Napoli, cresce a Bolzano, fuoriesce a Vienna. Cantautore conosciuto da pochi come YOMER. Musicista dalle discutibili capacità. Aspirante poeta nello spettacolo "Favole della buia notte". Autore e voce narrante del soporifero podcast "Diari dell'orso". Talvolta artista e grafico visivo.

yomer.it

Gli altri volumi, pubblicati in tedesco

Bevor unsere Welt in Flammen aufgeht, wird sie noch einmal perfekt sein

Die Anthologie des Autorinnenkollektivs „Die Glühbirne“ vereint Lyrik, Prosa und andere Kurztexte – mal dramatisch, mal heiter, mal nachdenklich. Die Texte sind Spiegel der Lebenswelt junger Menschen, voll der Fragen an unsere Zeit und an uns selbst.

Die Texte sind klärend, heiter, auch bitter, mit einem Hauch von Schwarzmalerei und einem noch größeren Hauch von Hoffnung, Ausdruck von fünf Charakteren, die Mut machen, jede auf ihre Art.
Maria Magdalena Kranebitter, Alchemilla

Die Glühbirne
In die klare Luft springen
Eine Anthologie
Broschur | 12 × 19 cm | 152 Seiten
ISBN 978-88-7283-751-1
Euro 15,00 [I]; 16,50 [D/A]

www.raetia.com

della collana ZOOM·ED

„so lach doch“ / ritze ich mit einem Kieselstein in meine Fußsohlen.

In ihrer lyrischen Kurzprosa beschäftigt sich Isabel Folie mit dem sinnlichen Erfahren der Welt und des eigenen Körpers. Die oft surrealen Texte rühren an Intimität und Vergänglichkeit. In starken Sprachbildern und ebenso mächtigen Leerräumen entstehen Stimmungen und Gefühle, die herausfordern. Hier wird das Lesen selbst zur sinnlichen Erfahrung.

Isabel Folie überzeugt durch ihre Konsequenz und Individualität. Den Texten wohnt der Zauber der Ironie inne, sie prägen sich ins lyrische Langzeitgedächtnis ein.
Helmuth Schönauer, Tageszeitung

Isabel Folie
In meiner Mitte Kohle,
in meinen Armen der Wind
Lyrische Kurzprosa
Broschur | 12 × 19 cm | 136 Seiten
ISBN 978-88-7283-800-6
Euro 15,00 [I]; 16,50 [D/A]

**„Wenn du willst, esse ich mich auf.
Du brauchst es mir nur zu sagen.“**

Mit psychologischem Gespür und einer herausragenden Beobachtungsgabe erkundet Martin Troger in seinen Kurzgeschichten die Mechanismen zwischenmenschlicher Beziehungen. In einem nüchternen, kühlen Ton wirft er Streiflichter auf ganz unterschiedliche Paarbeziehungen und schafft Stimmungsbilder, die aus dem Leben gegriffen sind.

Martin Troger hat ein Gespür für psychologische Figurenzeichnung, er braucht nicht viel Handlung, um zu zeigen, wie prekär das Leben ist.
Georg Mair, ff

Martin Troger
Ein Einzelzimmer bitte
Paargeschichten
Broschur | 12 × 19 cm | 128 Seiten
ISBN 978-88-7283-852-5
Euro 15,00 [I]; 16,50 [D/A]